www.tredition.de

AF177032

www.tredition.de

© 2018 Eva Lubowsky

Verlag und Druck: tredition GmbH, Hamburg

Einstieg in die Partnersuche

Schon seit längerer Zeit war Simone ohne Partner. Und das wollte sie ändern.

Die Bekanntschaftsanzeigen in den Zeitungen sagten ihr nicht zu. Sie versprach sich mehr Chancen mit einer Suchmaschine im Internet. Überrascht sah Simone die Vielzahl der Anzeigen. Mit so einem großen Angebot hatte sie nicht gerechnet. Ein passender Deckel, das hätte schon was. Doch was tun, wenn der Griff am Deckel fehlt...?

Simone war verwirrt. Sie dachte: Wer soll sich da zurechtfinden? Was ist gut, was ist schlecht? Vielleicht wirst du noch das Opfer eines Heiratsschwindlers? Der hätte in ihrer Sammlung gerade noch gefehlt...

Vielversprechende Anzeigen wie …

…Partnersuche mit Niveau;
   Partnersuche regional,
   Partnersuche über 50,
   Partnersuche kostenlos.

Oha, das sah nach Arbeit aus, dachte Simone. Welche Partnerseite klicke ich zuerst an? Simone entschied sich für vip-partner.de und rief diese Seite auf. Hier wurde mit hochkarätigen Partnern geworben.

Nach den Angaben wie Geschlecht, E-Mail Adresse und obligatorischem Passwort kam die Weiterleitung zu einem Persönlichkeitstest. Ja, es wurde spannend! Fragen nach gemeinsamen Interessen, Treue, gesicherter Zukunft, gleiche Wellenlänge, Freiraum, Zärtlichkeit und Sex mussten beantwortet werden. Zärtlichkeit und Sex waren ja absolut wichtig - zumindest für Simone! Durch die Verpflichtungen in der Vergangenheit sind diese Gefühle und Aktivitäten längere Zeit bei ihr auf der Strecke geblieben.

Weitere Fragen wie Freizeitbeschäftigung, Wohnungssituation, Hobbys, Freundeskreis, Musik, Theater, Sport und mehr sollten je nach Relevanz beantwortet werden. Simone füllte alles wahrheitsgemäß aus, denn es musste ja seine Ordnung haben.

Dabei hatte sie ein Gefühl, als würde sie sich entblättern. Doch der Zweck heiligt nun mal die Mittel, dachte sie.

Dann kam der Menüpunkt für die endgültige Anmeldung. Es erschienen die Preise für die Leistungen. Ihr kam es vor, als würde sie höhnisch ausgelacht. VIP-Mitglied musste man sein, um Partnervorschläge zu bekommen, die passend auf das eigene Profil zugeschnitten sein würden.

Simone sah den „überaus günstigen" Jahrespreis von

über € 400 und schluckte trocken. Immerhin war dies schon eine enorme Kostenersparnis, wenn man bedenkt, dass der Monatspreis bei sechs Monaten bereits über € 55 lag. Da konnte man mal wieder sehen, dass Hochkaräter eben ihren Preis haben, dachte sie.

Mit dem günstigen Monatspreis konnte sie sich aber nicht anfreunden und verließ das Portal von VIP-Partner.

Die Konditionen bei VIP-Partner hatten Simones Euphorie etwas gedämpft, doch der Wunsch blieb, nach einem Mann für den nächsten Lebensabschnitt zu suchen. Also weiter! Die Auswahl an Partnerseiten war groß.

newlove.de erregte ihre Aufmerksamkeit und animierte sie, sich näher mit diesem Partnerportal zu beschäftigen.

Kostenlos anmelden? Oh, diese Option bestand bei VIP nicht, stellte sie fest. Ist vielleicht ein Haken dabei, da sie von VIP-Partner.de vorgewarnt war? Mal sehen, was jetzt kommt, überlegte Simone. Versprochen werden:

Chats, flirten, Partner in der Nähe und geprüfte Mitglieder - das hörte sich doch schon recht verheißungsvoll an.

Mit Eifer begann sie, ihr Profil anzulegen. Sich

selbst zu beschreiben, ist nicht unbedingt einfach, besonders dann nicht, wenn man ehrlich sein will. Nach einigen Überlegungen gab Simone folgenden Text bei newlove.de ein:.

Nur Fledermäuse lassen die Flügel hängen!
Ich bin „Lalila", 64 Jahre alt, 173 cm groß, blond, grünäugig und mollig.
Ausbildung: Fachhochschulreife und Lehre
Beruf: Selbständige Kauffrau im Aussendienst.

Zum alten Eisen gehöre ich noch nicht. Ich suche für den letzten Lebensabschnitt den passenden Partner zwischen 56 und 65 Jahren, mit dem ich auf Wolke sieben schweben kann – die eher seltenen Tränen werden im Keller vergossen.
Verständnis für einander, Ehrlichkeit, Zärtlichkeit, Liebe und Sinnlichkeit sollten unser Leben verschönern.
Ich bin humorvoll, denke positiv und lache gern – auch über mich selbst. Für mich ist nicht der Geiz geil, sondern der Geist. Meine Hobbys und Interessen sind:

Theater, Oper, Konzerte, Musizieren, Tanzen, Reisen, Lesen, Fotografie, Antiquitäten, Malen, Fitness, Radfahren, Schwimmen, Kochen, Essen gehen und Freunde treffen.

In der Fotogalerie auf ihrem PC suchte sie nach Bildern. Es sollten aktuelle Fotos sein. Doch wer die Wahl hat, hat die Qual. Sehe ich auf diesem Foto gut aus? Nein, die Haare sitzen nicht, ich nehme doch besser das andere mit den Rosen im Hintergrund, beschloss sie… Die Entscheidung für das zweite Foto fiel ihr dann sehr viel leichter.

Aufmerksam und kritisch wurde noch einmal alles durchgelesen, bevor sie das fertige Profil zur online Stellung freigab.

Kostenlos war allerdings nur die Einstellung ihres Profils mit Fotos in dem Portal, jedoch mit eingeschränkten Funktionen. Aha, hier ist der Haken! Eingeschränkte Funktionen bei der Kontaktaufnahme wollte sie nicht.

Was brachte es, wenn die Kontaktmöglichkeiten geringer waren? Wenn schon, denn schon! Der Entschluss war schnell gefasst, bei newlove.de die Mitgliedschaft für ein Jahr einzugehen.

Mit den Kosten von unter 250 € für ein Jahr konnte sie leben. Was bekommt man in unserer heutigen Gesellschaft ohne Geld...

Nervös lief Simone mit einem Glas Sekt im Wohnzimmer auf und ab, weil sie auf die Nachricht wartete, dass ihr Profil online war. Es dauerte vier Stunden, bis ihre Angaben überprüft waren. Dann kam die erlösende Nachricht, Simones Profil war online.

Eine aufregende Zeit begann!

Es kann losgehen. Samstagmorgen wachte Simone sehr früh auf. Noch während sie sich in ihrem weichen Bett wohlig streckte, nahm sie sich vor, heute in erster Linie newlove ihre ganze Aufmerksamkeit zu schenken. Sie hatte das Profil bereits am Freitag eingestellt, weil sie am Wochen-ende mehr Zeit für die Suche hatte.

Bevor sie unter die Dusche ging, fuhr sie den PC hoch. Sie machte sich rasch einen Kaffee, holte ein paar Kekse aus dem Schrank und begab sich damit zum PC. Gespannt machte sie das E-Mail Postfach auf, doch leider war keine neue Nachricht dabei. Ihre Enttäuschung darüber hielt sie nicht davon ab, sich sofort bei newlove einzuloggen, um zu sehen, was dort los war - hoffentlich mehr als in ihrem Postfach...

Dann war Simone im Forum und erkannte erfreut, dass sie nicht unbeachtet geblieben war! Zwölf Mitglieder hatten ihr Profil aufgerufen, und zwei davon hatten ihr sogar einen erhobenen Daumen gegeben. Diese Aktivität vermittelt: „Du gefällst mir!" Ihr Puls war nun etwas schneller als sonst.

Natürlich schenkte sie den Herren mit den erhobenen Daumen zuerst ihre Aufmerksamkeit.

Nummer eins war -ach du Schreck- ein glatzköpfiger, bierbäuchiger Mann! Mit einem Bier in der Hand stand er in voller Größe, die kaum der Rede war, auf einem Festplatz. Sein blaues T-Shirt mit dem Aufdruck "Superman" machte ihn für sie auch nicht attraktiver. Da Simone aber durchaus ein gründlicher Mensch war, beschäftige sie sich mit seinem Profil.

„Ich fasse es nicht", rief sie aus. „Kann der Typ nicht lesen?" Mecki, wie er sich nannte, war 165 cm groß und 73 Jahre alt. Simone hat eine Vorliebe für größere Männer. Deshalb war ein Mann, der unter ihrer Nasenspitze durchlaufen konnte, für sie ein absolutes No Go!

Auch ein Mann von über 65 Jahren passte einfach nicht. Diese Erfahrung hatte sie schon gemacht. Leider waren die Typen, mit denen man noch etwas anfangen konnte, meist in festen Händen. Die frei Herumlaufenden konnte man vergessen. Wenigstens dachte Simone so. Die Herren waren schon sooo fertig mit dem Leben – bloß keine Veränderung war deren Devise!

Die Profilangaben von Mecki verstärkten noch Simones Widerwillen. Hobbys wie Volksmusik, Hasen als Haustiere...

Beruf: Maurer nich Prüfung,
Trinken: Wein.ein.bier und.wasser,
Traumpartner: Treue und liebe und ein Frau gut
dufte.

Also bei Mecki wird der „Daumen hoch" nicht
erwidert. Nein höflich ist sie zwar, aber sich so zu
verbiegen: nein!
Nun kam Daumen hoch Nummer zwei. Dieser
Mann, Peterpan konnte ihr schon eher gefallen. Zwar
hatte dieser Herr ebenso kaum Haare auf dem Kopf,
jedoch glich sein Haupt nicht einer Billardkugel.
Blaue Augen mit positivem Blick, markante Nase
und ein Lächeln auf den wohlgeformten Lippen. Sein
kräftiges Kinn verriet Energie und Willenskraft.

Jetzt beschäftigte sie sich mit dem Profil. Peterpan
schrieb:

Ja, an die Liebe glaube ich noch, denn
die Zeit zu zweit kann wunderschön sein!
Gern möchte ich das wieder genießen,
Etwaige Zweifel habe ich erfolgreich versenkt
und suche hier nun optimistisch nach der
"Richtigen".

Eine liebevolle Frau, in die ich mich verlieben

kann. Eine mit Verstand, Humor und Ehrlichkeit im partnerschaftlichen Sinne. Mit ihr möchte ich die schönen Momente genießen und auch die Hürden des Lebens meistern.

Ein Lächeln umspielte Simones Lippen. Der Text berührte sie und hatte die romantischen Seiten ihres Wesens geweckt. Schön und gefühlvoll hatte er sich ausgedrückt. Auch die anderen Angaben seines Profils gefielen ihr.

Also verschickte sie, erwartungsvoll auf mehr hoffend, einen Daumen an Peterpan und war gespannt, wie es weitergehen würde.

Danach beschäftigte Simone sich mit den anderen Männern, die zu Besuch auf ihrem Profil waren. Von den zehn Usern verbuchte sie neun unter der Kategorie uninteressant, doch der zehnte Besucher war einen Blick wert.

Oh là là, dachte sie. Bereits sein Aussehen ließ ihr Herz höher schlagen. Ein gut geschnittenes Gesicht, zwei dunkle Augen, die sie etwas spöttisch anschauten. Volle dunkle, leichte gelockte Haare, ein dichter Oberlippenbart.

Neugierig klickt sie ein weiteres Foto von ihm an, auf dem er sich in voller Größe, immerhin beachtliche 189 cm, an einem Flussufer präsentierte. Enge Jeans bedeckten seine athletischen Beine, der muskulöse Oberkörper wurde von einem roten Poloshirt umspannt. Die Knöpfe des Shirts waren offen und gaben den Blick frei auf dunkel gelockte Brusthaare. Das enge Shirt ließ erahnen, was unter ihm steckte: Beachtliches! Sein Pseudonym „Adonis" war wirklich passend.

Simone ist ja nicht hässlich, doch dieser Typ, was will er auf dieser Plattform? Er sieht aus wie ein Dressman. Dem müssten doch die Frauen scharenweise hinterherlaufen.

Im Profil von Adonis entdeckte Simone schnell, dass dieser Schönling nur eine Frau für erotische Stunden suchte. Zwar war sie keineswegs erotischen Erlebnissen abgeneigt, doch dies war ihr zu wenig, zumal sie davon ausging, dass es vielleicht nur ein ONS (One Night Stand) werden würde. Solche Abenteuer kann ich jederzeit in meinem Umfeld haben, dachte sie. Eine Anmeldung bei newlove wäre dafür nicht nötig gewesen.

Was soll's, schoss es ihr durch den Kopf, die Auswahl an männlichen Wesen schien bei newlove recht groß zu sein. Mit diesem Gedanken im Kopf ging sie auf die Suchmaschine von newlove und gab ein. Suche - jetzt online:

> Mann zwischen 56 und 64 Jahren, wobei
> Männer unter 60 bevorzugt werden. Größe

ab 175 cm, Umkreis bis 150 km von
Meldorf entfernt.

Näher wäre natürlich besser und würde zu meiner
Spontanität passen.

Es gab reichlich Männer, die in Simones
Beuteschema passten. Gespannt sah sie sich die
Fotos an. Was für ein Wahnsinn, schoss es ihr durch
den Kopf, fast wie im Katalog... Nur die Preise
fehlten, schmunzelte sie in sich hinein.

Die Fotos vermittelten ihr bereits einen ersten Eindruck, so dass sie sich bei einigen ernsthaft fragte, ob
sie sich überhaupt näher mit dieser oder jener Person
befassen sollte... Wenn ein Bild jedoch absolut kein
Interesse in ihr weckte, war nichts zu machen.

Bei einem stutzte Simone: „Oh wie kann man nur?"
Dieser Typ präsentierte sich mit herausge-streckter
Zunge, die Daumen in den Ohren, die restlichen
Finger gespreizt. Es sollte wohl ein Geweih
darstellen. Ein blödes Gesicht musste er gar nicht
mehr machen... Kaum vorstellbar, dass es eine Frau
gab, die auf so etwas fliegt. Simone verfügte über
einen gesunden Humor. Aber das hier war einfach
nur doof...

Es gab natürlich noch mehr Männer, die
offensichtlich keinen großen Wert auf sympathische
Fotos legten. Teilweise waren sie ganz schön
hässlich...

Allerdings erregten einige männliche Exemplare doch ihre Aufmerksamkeit.

Zum Beispiel Mikel, 59, recht sympathisch, auch attraktiv, weckte ihr Interesse. „Also werde ich mich mal näher mit dem Knaben befassen", dachte sie.

> Geschieden, 183 cm groß, 90 kg schwer
> Ich bin natürlich, großzügig, offen, ehrlich, kritisch und spontan. Suche eine freundliche, ehrliche, unternehmungslustige, zärtliche Partnerin, die auch mit Problemen umgehen kann. Möchte mit ihr Freud' und Leid teilen und auch mal verrückte Dinge tun.

Ist er einen Daumen wert, oder nicht? überlegte Simone. Gute Frage! Ach, er sieht ja, dass ich mich mit seinem Profil beschäftigt habe. Vielleicht kommt ja etwas von ihm. Also einfach mal abwarten.

Puh, das ist ja ganz schön anstrengend, jetzt erst mal eine Pause machen, dachte Simone. Sie zog sich rasch an, um für das Wochenende einzukaufen.

Plötzlich klingelte das Telefon. Erst wollte sie gar nicht abheben, doch dann sah sie, dass es ihre Freundin Babsi war.

Etwas lahm, entgegen ihrer sonstigen Art, meldete sie sich. Babsi fiel es sofort auf, und sie fragte auch gleich:

„Was ist los mit dir, Simone? Du klingst so abwesend."

Simone wollte nicht raus mit der Sprache und versuchte, Babsi mit „oh nichts", abzuwimmeln.

Doch wenn man jahrelang befreundet ist, spürt man die feinen Nuancen in der Stimme der Freundin. Schließlich gab Simone dem Drängen von Babsi nach, und erzählte von ihren neuen Aktivitäten.

„Wie du?" fragte Babsi lachend, „darüber möchte ich mehr hören."

Simone konnte Babsis Vorschlag, sich um zwei Uhr im Dom Café auf dem Markt zu treffen, nicht ablehnen.

„Na dann bis um zwei Uhr", verabschiedete sie sich von ihrer Freundin.

Inzwischen erledigte Simone in aller Ruhe ihre Einkäufe. Sie hatte es nicht eilig, Babsi zu sehen, denn eigentlich wollte sie gar nicht über ihre Partnersuche sprechen. Sonst war sie recht mitteilsam, doch bei diesem Thema hielt sie sich zurück.

Als sie dann im Dom Café ankam, saß Babsi bereits an einem Tisch beim Fenster und lächelte sie erwartungsvoll an. Simone setzte sich zu ihr und bestellte bei der Bedienung ein Kännchen Kaffee.

Um nicht gleich Rede und Antwort zu stehen, stand sie wieder auf, ging zum Kuchentresen und ließ sich mit der Auswahl Zeit. Aus den Augenwinkeln beobachtete sie, wie Babsi ungeduldig mit ihren Fingern auf die Tischplatte trommelte. Irgendwie freute sie sich darüber.

Als die Kellnerin den bestellten Kuchen brachte, war die Schonzeit vorbei. Da sprudelte es schon aus Babsi heraus: „Du hast dich also in ein Single Forum angemeldet. Da schau her! Wie kam das denn?"

Etwas verlegen erwiderte Simone:

„Ich bin nun lange genug allein. Er muss ja nicht gleich bei mir einziehen. Ich brauche jemanden fürs Herz, zum Kuscheln, für geistigen Austausch, und natürlich darf der Sex auch nicht fehlen."

Babsis Antwort darauf war irgendwie ernüchternd:

„Gut, aber mit Sicherheit wird damit deine Freiheit eingeschränkt. Willst du das? Du warst doch immer so stolz auf deine Unabhängigkeit."

„Was du schon wieder hast", konterte Simone, „ich sitze abends meist allein auf meiner Couch und spüre nur allzu deutlich, dass etwas Wichtiges fehlt in meinem Leben. Gefühle, von denen ich annahm, dass sie zur Vergangenheit gehören, sind einfach wieder da. Deshalb will ich etwas ändern."

Dagegen anzureden war zwecklos, das merkte Babsi recht schnell. So schwer es ihr auch fiel, sie gab ihren Protest auf..

Babsi war mit ihrem Leben zufrieden. Sie hatte einen überaus potenten Lover, mit dem sie je nach Bedarf ihren Hunger auf Sex stillte. Obwohl Bernd, ihr Sexpartner, gern eine engere Verbindung eingehen würde, ließ sie das nicht zu. Sie mochte Bernd, fühlte sich in den Stunden mit ihm wohl, doch mehr wollte sie nicht.

Für Bernd war es mehr als nur der hormonelle Trieb, doch da es aussichtslos war, mehr bei Babsi zu erreichen, gab er sich mit diesen lustvollen Treffen zufrieden. Er war der Ansicht, es sei besser als nichts und genoss den intensiven Sex mit ihr.

Wieder zu Hause angekommen, wollte Simone einfach nur ihre Ruhe haben. Newlove war heute kein Thema mehr für sie. Im bequemen türkis-bunten Kaftan auf ihrer Couch, mit einem Glas Rotwein auf dem Tisch, zappte sie sich durch das TV Programm. Doch so ganz war sie nicht bei der Sache, weil ihre Gedanken Purzelbäume schlugen.

Habe ich das richtig gemacht? Hat Babsi vielleicht Recht? Schließlich beruhigte sie sich damit, dass sie ja jederzeit ihr Profil löschen konnte.

In der Nacht zum Sonntag konnte Simone schlecht schlafen. Mehrmals war sie aufgewacht und durch die Wohnung gewandert. Erst gegen Morgen schlief sie ein. Als sie endlich aufstand, war es schon fast Mittag.

Simone machte sich fertig und überlegte, was sie zuerst tun sollte. Die Sonne schien, deshalb wäre ein Spaziergang am Deich bestimmt herrlich. Sie setzte sich in ihr Auto und fuhr zum Meldorfer Hafen. Von dort aus marschierte sie in Richtung Deich. Ihn hinter sich lassend, ging sie den Mückenweg entlang. Der verläuft parallel zur See und ist ihre absolute Lieblingsroute. Egal ob es stürmt, regnet, schneit oder die Sonne scheint - die unverbrauchte Natur sowie die frische Meeresluft schenkten ihr jedes Mal die innerliche Ruhe und Gelassenheit, die sie so dringend brauchte.

Nach Simones Rückkehr erwartete sie eine Nachricht von Peterpan.

Hallo Lalila,

dein Profil und auch dein Foto gefallen mir. Deine Ausstrahlung fasziniert mich. Gern würde ich dich näher kennenlernen.

Liebe Grüße
Peter

Obwohl Simone bereits mit einer Reaktion von

Peterpan gerechnet hatte, freute sie sich darüber, zwang sich dann aber, nicht sofort zu antworten. Lass' ihn ruhig ein wenig zappeln, dachte sie, das erhöht den Marktwert...

Als erstes beschäftigte sie sich mit den Herren, die ihr Profil besucht hatten. Es waren schon einige, doch keiner ließ ihr Herz höher schlagen.

Zwei erhobene Daumen hatte sie auch wieder bekommen, doch die beiden Herren beeindruckten sie nicht. So skurril wie Mecki waren sie allerdings nicht, deshalb schickte sie ihnen einen erhobenen Daumen zurück.

Bei den Männern, die online waren, fiel Simone einer besonders auf. Er nannte sich Rambo, war 62 Jahre alt und trug auf dem Foto einen Sombrero. Die Lippen hatte er zu einem Kussmund gespitzt. Eines musste man Rambo lassen, er hob sich sofort von der Menge ab. Für sie war er jedoch nur eine Lachnummer. Lieber einen Frosch küssen, als Rambo, resümierte sie.

Leidet Rambo unter einer Profilneurose? Diesen Verdacht hatte Simone oft bei Männern, die durch solche albernen Äußerlichkeiten auffallen wollen. Sie stellte sich Rambo mit Colt und Westernstiefeln vor. Das nächste Foto bestätigte Simones Vorstellungen, denn Rambo lehnte lässig mit Hut und Cowboystiefeln an einer Mauer.

Der Pistolengürtel fehlte, doch sein extrem breiter Ledergürtel konnte sich auch sehen lassen. Mindestens sechs Zentimeter breit war er und mit einer überdimensionalen Löwenkopfschnalle geschmückt. „Fiesta Mexicana!", dachte sie schmunzelnd.

Jetzt war es an der Zeit, Peterpan eine Nachricht zu schicken, denn zu lange wollte sie ihn auch nicht schmoren lassen.

Hallo Peter,

es freut mich, dass dir Profil und Foto von mir gefallen. Was ich von dir bisher weiß und gesehen habe, weckt ebenfalls mein Interesse. Ein näheres Kennenlernen ist auch in meinem Sinne. Mach' einfach einen Vorschlag, wie du dir das vorstellst.

Liebe Grüße
Simone

Gespannt auf seine Reaktion besuchte sie nochmals das Profil von Peterpan. Sie fand immer noch Gefallen daran.

Inzwischen war wieder ein Daumen angekommen von einem Mann „JonnyK", der jedoch recht jung aussah. Simones Vermutung wurde bestätigt. JonnyK war gerade 45 Jahre alt. Eigentlich etwas zu jung, fand sie, doch alles andere sagte ihr zu. „Aber was will er von mir?", fragte sie sich. Sie wollte es wissen und antwortete mit einem erhobenen Daumen. Es dauerte keine fünf Minuten, dann hatte sie eine Nachricht von ihm.

Jonny schrieb:
„Du gefällst mir! Du sprühst nur so vor Erotik, und darauf stehe ich!"
Doch Simone war eher misstrauisch und schrieb zurück:
„Du gefällst mir auch, aber hast du nicht gesehen, wie alt ich bin?"
Jonny:
„Auf die paar Jährchen kommt es doch nicht an."
Simone:
„Meinst du?"
Ihr erster Eindruck verstärkte sich.
Jonny:
„Ja, ältere Frauen sind einfach dankbarer und nicht so zickig wie die in meinem Alter, die häufig Probleme mit ihren Hormonen haben."
Simone:
„Vielleicht habe ich die ja auch!"
 Der ist vielleicht schräg drauf, dachte sie.
Jonny:

„Das habe ich noch nicht erlebt. Frauen in deinem Alter halten das, was die jüngeren versprechen", tönte er.

Simone ironisch:

„Ist das wirklich so?"

Langsam fing sie an zu kochen.

Jonny:

„Sei nicht so zickig! Du treibst es doch bestimmt auch gern", legte er nach.

Jetzt wurde Simone wütend:

„Mit dir ganz bestimmt nicht! Ich glaube, du tickst nicht ganz richtig!"

Und dann klickte sie ihn weg.

Worum es hier ging, war klar. Sex ja, jederzeit, doch nicht unter diesen Voraussetzungen. So schnell kommt Schätzchen wirklich nicht zur Sache. Bin ich hier im falschen Film? Simone brauchte einige Minuten, um diesen Chat zu verdauen. Hoffentlich überwiegen Herren dieses Kalibers nicht im Portal.

Doch dann war die ersehnte Nachricht von Peterpan endlich da. Gespannt las sie seine Mail:

Liebe Simone,

mein Vorschlag ist, wir sollten es langsam angehen lassen, um uns erst einmal durch den Austausch schriftlicher Nachrichten ein wenig kennenzulernen.

Nun zu mir. Vor sechs Wochen bin ich 60 geworden und bin Leiter vom Innendienst in einem mittelständischen Unternehmen. Noch macht die Arbeit Spaß, doch im privaten Bereich fehlt mir etwas.

Der Kühlschrank antwortet nicht, wenn ich abends mit ihm kommunizieren will.

Meine beiden Söhne sind gut versorgt, unser Verhältnis ist liebevoll und entspannt. Sie haben ihr eigenes Leben und keine große Lust oder auch wenig Zeit, sich mit ihrem Vater zu beschäftigen. Das ist auch nicht in meinem Sinne.

Mir fehlt eine Partnerin, mit der ich etwas unternehmen und reden kann, mit der auch eine gefühlvolle Zweisamkeit möglich ist. Aber das alles muss wachsen. Wir sollten es versuchen.

Jetzt freue ich mich auf deine Nachricht.

Liebe Grüße
Peter

Simone war sehr glücklich darüber, dass er sich gleich gemeldet hatte. Doch dann wurde sie nachdenklich. Was wird daraus werden? Sie war sich ihrer eigenen Schwächen wohl bewusst und deshalb skeptisch, ob es wirklich passen würde. Die Erwartungen waren nicht gerade gering, doch sich verbiegen - nein, das kam für sie nicht in Frage. Schade eigentlich, dass man sich sein Wunschexemplar nicht beim Bäcker bestellen kann...

Simone entschloss sich, erst einmal abzuschalten und sich etwas Leckeres zu kochen. Im Kühlschrank fand sie einen Schweinefiletkopf, Paprikaschoten, Cherrytomaten und einen Eisbergsalat. Daraus entstand mit Balsamico, Olivenöl, Salz und Pfeffer ein leckerer Salat. Den Filetkopf schnitt sie in Scheiben und ließ diese in der Pfanne langsam zu köstlichen Medaillons braten.

Mit einem Glas Wein und Musik von Ed Sheeran im Hintergrund ließ Simone sich auf einem der gemütlichen Stühle an ihrem weißen Esstisch nieder und genoss ihr Abendessen.

Danach zog sie sich um. Abends trug sie gern eins ihrer langen Hauskleider in verschiedenen Farben. Simone liebte diese bequemen Kleidungsstücke. Das weiche Material umhüllt ihren Körper vorteilhaft, und die schwarz-rote Farbe schmeichelte ihren Teint. Was nun? Peter schreiben? Im Forum noch ein wenig auf Jagd gehen? Das Fieber der Suche hatte sie gepackt, ohne dass sie sich dessen bewusst war. Doch die Entscheidung fiel zugunsten Peterpans aus. Simone loggte sich bei newlove ein, um Peters Mail zu beantworten.

Lieber Peter,

danke für deine netten Zeilen. Deinen Vorschlag finde ich gut, obwohl Geduld nicht gerade zu meinen Stärken zählt.

Seit Jahren arbeite ich im Außendienst, bin also recht viel unterwegs. Diese abwechslungsreiche Tätigkeit macht mir Spaß. Allerdings geht es mir ebenso wie dir, meine Abende und auch die Wochenenden könnten ausgefüllter sein.

Meine drei Kinder, zwei Söhne und eine Tochter, haben bereits eigene Familien. Ich bin schon glückliche Oma, die gern zur Verfügung steht, wenn sie gebraucht wird. Natürlich ist es auch bei mir so, dass meine Kinder ihr eigenes Leben führen.

In letzter Zeit wird mir immer mehr bewusst, dass etwas Wichtiges in meinem Leben fehlt. Das Alleinsein ist nicht immer schön, wenn auch besinnliche Stunden durchaus Qualität haben.

Obwohl mein Leben tagsüber sehr ereignisreich ist, fehlen mir Nähe und Zärtlichkeit zu einem geliebten Menschen. Das war auch der Grund, weshalb ich mich bei newlove angemeldet habe.

Für heute liebe Grüße
Simone

Der Tag neigte sich dem Ende zu. Für Simone standen am nächsten Tag zwei wichtige Kunden auf dem Programm. Deshalb fand sie, dass es wohl besser wäre, den Tag zu beenden und schlafen zu gehen.

Vor dem Einschlafen schweiften Simones Gedanken wieder zu Peter und ihren Aktivitäten bei der Partnersuche. War dieser Weg wirklich der richtige für sie? Morgen hatte sie in Hamburg zu tun. Sollte sie entgegen ihrer sonstigen Angewohnheit mal in der Großen Elbstraße in ein Restaurant gehen, wo man mittags schon interessante Männer treffen könnte? Ein großer Umweg war das nicht, da die Kunden in der Königstrasse und in der Palmaille waren.

Dieser Gedanke reizte sie und sie überlegte, was sie anstellen könnte, um im richtigen Moment von einem netten männlichen Exemplar bemerkt zu werden.

Eine Möglichkeit wäre,   die Aktenmappe, die natürlich vorher präpariert werden musste, fallen zu lassen, damit die Prospekte und Unterlagen sich auf dem Boden vor dem Beuteobjekt verteilten. Dazu ein bestürzter und erschrockener Augenaufschlag in Richtung des eventuellen Opfers. Das müsste doch erfolgversprechend sein.

Vielleicht   stolpern,   dann   in   seine   Richtung

straucheln. Doch was, wenn er eine Schlafmütze war und nicht schnell genug reagierte? Könnte fatal werden und weh tun, vielleicht auch mehr...

Schließlich kam sie zu dem Schluss, dass diese Nummer doch nicht zu ihr passte, zumal sie an ihrem schauspielerischen Talent zweifelte. Vielleicht sollte sie einfach abwarten und sehen, was sich bei newlove tun würde...

Der Wecker klingelte ziemlich penetrant um sechs Uhr. Simone war versucht, ihn an die Wand zu werfen, dann stand sie doch verschlafen auf.

„Den Montag sollte man abschaffen", schimpfte sie. Nach fünf Minuten hatte sie sich mit ihrem Schicksal abgefunden und befasste sich nun mit den Aufgaben, die heute auf sie zukamen.

Wenig später stand sie unter der Dusche und machte sich anschließend fertig.

Es folgte ein Becher Kaffee und dazu ließ sie sich einen Toast mit leckerem Käse schmecken. Als sie dann vor dem Kleiderschrank stand, tauchte das immer wiederkehrende Problem auf:

„Was soll ich heute anziehen?" Ihre Wahl fiel auf eine feine, schwarze Hose, die sie mit einem farblich passenden Seidenshirt kombinierte. Nachdem sie geschminkt war und die Haare gestylt hatte, befestigte sie die großen Goldcreolen an den Ohren.

Sie schlüpfte in die schwarzen Hochfrontpumps, trat prüfend vor den Spiegel, warf kurz den Kopf zu Seite, so dass die Ohrgehänge hüpften, und war mit ihrem Anblick zufrieden. Mit Aktenmappe und schwarzer Handtasche ging sie zum Auto und machte sich auf den Weg nach Hamburg.

Den ersten Termin hatte Simone in der Königstrasse in Hamburg-Altona um 9.30 Uhr. „Oh, es wird knapp", stellte sie fest, denn es war schon acht Uhr. Immerhin musste sie 120 km fahren, davon 30 km Landstraße. Meist ging es auf der Autobahn bis Pinneberg recht schnell, aber danach musste man mit einem Stau rechnen. Ihre Vermutung war auch diesmal richtig, deshalb verließ sie früher die Autobahn und fuhr über Schleichwege nach Altona. Dort kam sie pünktlich um 9.25Uhr an, worüber sie sich sehr freute.

Der Termin verlief unerwartet schnell und erfolgreich. Simone telefonierte hinterher mit dem nächsten Kunden und fragte an, ob sie vielleicht etwas früher kommen könnte. Der Kunde war einverstanden, so dass sie bereits um 14 Uhr ihr Tagespensum, bis auf den Kundenbericht, erledigt hatte. So etwas kam montags eher selten vor, deshalb war es für sie ein Glücksfall.

Wie gewohnt suchte Simone sich ein kleines Restaurant. Dort setzte sie sich in der äußersten Ecke an einen kleinen Tisch, weil sie Ruhe haben wollte. Sie studierte die auf dem Tisch liegende Speisekarte. Ihre Wahl fiel auf ein gebratenes Seelachsfilet mit Salat und Kräuterbaguette.

Während Simone auf das Essen wartete, holte sie ihr iPhone aus der Handtasche und checkte die Mails. Sie stellte fest, dass sich einiges in Sachen Liebe getan hatte. Ein zufriedenes Lächeln stahl sich auf ihre Lippen.

Auf Simones Profil hatten sich elf Besucher getummelt und drei Daumen hatte sie bekommen. Nur diese interessierten sie, doch da sie sich nach dem Essen auf dem Heimweg begab, wollte sie später sich in aller Ruhe die Daumen-Kandidaten ansehen.

Um mehr Zeit für newlove zu haben, erledigte sie den leidigen Tagesbericht rasch im Restaurant. Kaum war Simone damit fertig, als die Kellnerin ihr auch schon das Essen brachte. Auf einer weißen, ovalen Platte lag das Fischfilet halb den Salat bedeckend. Garniert war es mit zwei Zitronenscheiben und Petersilie. Das Kräuterbaguette befand sich auf einem extra Teller. Alles sah sehr ansprechend und appetitlich aus, und genauso schmeckte es auch, einfach lecker!

Die Rückfahrt nach Meldorf verlief reibungslos, nur einige Chaoten waren unterwegs, die durch laufenden Spurwechsel nervten. Meist machte sie das wütend und dann schimpfte sie, nicht gerade fein, vor sich hin.

Zu Hause angekommen, entledigte sie sich ihrer edlen Arbeitskluft und schlüpfte in ihr Hauskleid. Endlich konnte sie sich den Daumen bei newlove widmen.

Dompteur011 war der erste, doch seine Beschreibung konnte sie nicht für ihn begeistern.

Es störte sie schon, dass er nicht mit einem Foto vertreten war. Hat er vielleicht etwas zu verbergen, oder war er so hässlich, dass er sich verstecken musste? Einzigartig möchte er gern sein und wünscht sich prickelnde Chats mit einer Frau die eine Rubensfigur hat. „Sehr bescheiden! Dem ist die Sexhotline wohl zu teuer", dachte sie grimmig und entschied: „Den brauche ich nicht!"

Dreamboy war die Nummer zwei. Dunkelhaarig, groß, auch nicht ganz hässlich, doch auweia – im Unterhemd mit unübersehbarem Bierbauch! Aber das hätte sie ja noch akzeptiert. Doch die fette Goldkette um den Hals, wahrscheinlich Trompetenblech, eine große Creole mit Kreuzanhänger im Ohr und beide Arme bis zu den Fingern tätowiert - nein, das war zu viel und absolut nichts für Simone.

Der verbleibende Herr, der einen Daumen für sie übrig hatte, war nicht mit einem Foto vertreten. Wolle war sein Name. Sie las sein Profil. Es war nett geschrieben. Hier konnte sie sich auch vorstellen warum das Foto fehlte, denn er arbeitete im sozialen Bereich mit Jugendlichen: Ein logisches Argument! Daher schickte sie ihm auch einen Daumen.

Dann sah Simone, dass Peterpan geschrieben hatte. Die Mail muss gerade erst eingegangen sein, dachte sie. Er schrieb:

Liebe Simone,

schön zu hören, dass deinem Leben Wärme und Nähe mehr Qualität geben könnte. Erfolg sowie Anerkennung im Berufsleben, sind zwar erstrebenswert, wenn das Gehalt stimmt, doch einen Menschen rundum glücklich machen, kann es nicht. Da fehlt einfach etwas Wichtiges. Man kann Gefühle nicht immer unterdrücken. Wir sind auch für Liebe und Sinnlichkeit geschaffen, deshalb ist es sinnvoll, die Liebe zu leben...

In dieser Hinsicht ist mein Leben ist kalt und arm. Ich möchte so gern etwas ändern. Wollen wir uns, vorausgesetzt du bist einverstanden, zu einem zwanglosen Essen treffen? Ein persönliches Gespräch bringt uns doch mehr als unser

Briefwechsel.
Schreib' mir bitte, was du von einem Treffen hältst.
Dir wünsche ich noch einen schönen Abend.

Liebe Grüße
Peter

Simone freute sich über diese Nachricht und stellte Überlegungen an, wo das Treffen stattfinden könnte. Sie wohnte im Westen von Schleswig Holstein, dicht an der Nordsee, er an der Ostsee nicht weit von Kiel. Sie sah sich die Karte von Schleswig Holstein an, und ihre Wahl fiel auf Hohenwestedt. Die Gemeinde lag zwar nicht genau in der Mitte ihrer Wegstrecke, war für Simone jedoch die beste Lösung.

Sie erinnerte sich sogar an ein Restaurant in Hohenwestedt, wo sie einmal recht gut gegessen hatte. Sie war damals auf dem Heimweg von der Ostsee gewesen und kehrte deshalb in dem griechischen Restaurant Athos ein.

Simone schrieb gleich an Peter und machte ihm den Vorschlag mit Hohenwestedt. Dabei fragte sie ihn, ob ihm 18 Uhr passen würde.

Kaum eine Stunde verging, dann hatte sie schon die Antwort. Treffpunkt Mittwoch 18 Uhr im Athos in Hohenwestedt. Sie war überaus erfreut und fieberte dem Mittwoch entgegen.

Obwohl der Termin mit Peter, ihrem Herzbuben, unmittelbar bevorstand, konnte sie es nicht lassen, in den nächsten beiden Tagen auf ihrem Profil nachzusehen, ob sich etwas getan hatte.

Eigentlich alles uninteressant, dachte sie, bis sie bemerkte, das Wolle ihr wieder einen Daumen verpasst hatte. Und zwar am Dienstag und auch am Mittwoch. Sie schickte einen Daumen zurück und schmunzelte.

Mittwoch machte sie früher Schluss und fuhr nach Hause. Im Bad nutzte sie heute die Badewanne, weil sie ausreichend Zeit hatte. Im warmen Wasser konnte Simone so herrlich relaxen. Für ihre anschließende Pflege ließ sie sich Zeit. Sie wollte attraktiv aussehen und schminkte sich dezent mit großer Sorgfalt. Ihre Kleidung wählte sie mit Bedacht aus und kurz darauf war sie mit ihrem Spiegelbild zufrieden.

Simone musste sich beeilen, um pünktlich zu sein, denn es war bereits 17 Uhr. Das Athos in Hohenwestedt erreichte sie kurz vor 18 Uhr. Als sie aus ihrem Passat stieg, parkte neben ihr ein uralter, blauer Golf mit Roststellen über den Radkästen. Der Fahrer, der gerade die Autotür öffnete, war unverkennbar Peter. Er begrüßte sie herzlich. Simone war etwas verwirrt wegen dem uralten Golf, denn laut seiner Aussage ging es Peter finanziell recht gut. Das Auto war für sie nicht unbedingt ein

Statussymbol, doch sie würde nie mit so einer Schrottkiste durch die Gegend fahren. Bestimmt sah es mit dem Innenleben des Golfs auch nicht besser aus. Der Wagen hatte mindestens 25 Jahre auf dem Buckel, vermutete sie.

Peter hatte den kritischen Blick bemerkt und gab an, dass er sehr an diesem Auto hängen würde. Sie konnte es zwar nicht verstehen, akzeptierte es jedoch. Im Athos suchten sie sich einen schönen Platz. Ein Kellner brachte ihnen die Speisekarte, und sie bestellten zunächst die Getränke. Simone ließ sich einen weißen Demestica munden, während Peter sich für Bier entschied. Dann bestellten sie Tintenfisch mit Salat und Pommes frites. Das Essen schmeckte beiden recht gut, und als die Teller abgeräumt waren, hatten sie endlich Zeit, sich zu unterhalten.

Aber das Gespräch begann eher schleppend. Simone spürte die Nervosität, die von Peter ausging. Um ihm seine Hemmungen zu nehmen, erzählte sie ein wenig von ihrer Arbeit und einigen witzigen Begebenheiten. Doch dann war Peter an der Reihe, und sie erkundigte sich nach seinem Aufgabenbereich als Innendienstleiter bei seinem Arbeitgeber.

Stockend fing Peter an, von seinem Leben zu erzählen. Was Simone da erfuhr, passte so gar nicht zu dem Bild, das sie sich von ihm gemacht hatte. Sie wurde hellhörig und fragte dann konkreter nach. Nach dem Motto, sie wird es ja ohnehin irgendwann erfahren, gestand Peter, dass er schon fast ein Jahr lang arbeitslos war. Simone war geschockt und sie dachte sich: Arbeitslosigkeit kann jeden treffen, damit könnte ich umgehen, aber nicht mit Lügen.

„Warum hast du das nicht gleich gesagt, oder mir geschrieben?" fragte Simone ihn vorwurfsvoll. Peter antwortete zerknirscht: „Ich hatte Angst, dass du dann niemals einem Treffen zugestimmt hättest."

Damit hat er Recht, wurde ihr bewusst, denn mit ihrem geschiedenen Mann hatte sie in ähnlichen Situationen unschöne Dinge erlebt.

Peter legte nach: „Ich musste von einer Dreizimmer-in eine Einzimmerwohnung umziehen und meinen Mercedes verkaufen. Aber ich habe mir gedacht, dass ich vielleicht zu dir ziehen kann, wenn wir uns gut verstehen, was meinst du?"

Simone wurde blass, denn so hatte sie sich das nicht vorgestellt. Etwas fassungslos entgegnete sie: „Ich habe überhaupt nicht die Absicht, so schnell mit einem Mann zusammenzuziehen. In meinem kleinen Haus würde das auch gar nicht gehen. Außer Wohnzimmer, Schlafzimmer, Küche, Bad brauche ich für meine Arbeit ein Büro." Das große Gästezimmer mit Dusche im Keller verschwieg sie wohlweislich.

Peter sah seine Felle schwinden. Die Situation wurde unerträglich, daher schlug Simone vor: „Lass' uns zahlen. Was soll das noch?" Als der Kellner dann mit der Rechnung kam, übernahm Simone den vollen Betrag. Das war mit Sicherheit günstiger, als wenn er mit seinen Koffern zu ihr gezogen wäre, dachte sie resigniert.

Auf dem Parkplatz bedankte sich Peter für die Einladung, und sie wünschte ihm viel Glück. Dann trennten sich ihre Wege.

Traurig und desillusioniert trat Simone den Heimweg an. Ihre Gedanken und Gefühle fuhren Achterbahn. Die Enttäuschung über Peter war zu groß. Simone konnte dieses Verhalten nicht verstehen. Arbeitslosigkeit ist doch keine Schande. Es kann jeden treffen, doch wenn man eine Beziehung aufbauen will, hat Ehrlichkeit oberste Priorität.

Die ganzen Lügen und Probleme, die sie mit ihrem geschiedenen Mann erlebt hatte längst vergessen glaubte, kamen durch den Abend mit Peter wieder hoch.

Noch einmal wollte sie nicht in einer solchen Situation stecken, das würde sie nicht verkraften. Simone hatte einige Jahre gebraucht, bis sie sich davon erholt hatte. Klar reagieren die Menschen verschieden, gehen anders als ihr Exmann mit dieser Situation um, dachte sie. Die schrecklichen

Erfahrungen mit ihrem Ex, all das verlorene Geld, die Lügen, der Betrug, nein nie wieder durfte ihr das passieren.

Total aufgewühlt fuhr sie zurück nach Meldorf. Endlich zu Hause angekommen, war ihr erster Weg zum Barschrank. Sie schenkte sich einen doppelten Calvados ein und trank ihn sofort aus. Langsam kam sie wieder etwas runter, doch dieses Erlebnis mit Peter saß tief.

Den Gedanken an einen neuen Partner stellte sie erst einmal zurück und nahm sich vor, in Zukunft im Vorfeld mehr zu hinterfragen. Aber ob das hilfreich war? Gegen Lügen und Unehrlichkeit war eben kein Kraut gewachsen.

Das Telefon klingelte. Wer ruft jetzt noch an? Eigentlich kann das nur Babsi sein. Simone hatte Recht, es war ihre Freundin.

Babsi kam gleich zur Sache: „Was macht die Liebe?", wollte sie wissen. Frustriert schilderte Simone ihr Erlebnis.

Babsi entgegnete lachend: „Dann kommt meine Frage ja gerade richtig. Arne, der Freund von Bernd, hat am Freitag zu einem gemütlichen Abend eingeladen. In seinem Haus in Heide wurde das Bad umgebaut und aufwendig renoviert. Das möchte er ein wenig feiern. Da er derzeit ohne Partnerin ist, hat er Bernd gebeten, Babsi möge bitte ihre Freundin mitbringen."

Simone überlegte nicht lange und antwortete: „Ich denke, nach der heutigen Pleite tut mir die Abwechslung gut. Ich komme gern mit!"

„Super", freute sich Babsi und bat sie, am Freitag um 19 Uhr bei ihr zu sein.

Donnerstag und Freitag sah Simone nur kurz auf ihr Profil, denn das Erlebnis mit Peter steckte ihr noch in den Knochen. Warum können die Menschen nicht ehrlich sein? Lügen lohnen sich einfach nicht, weil sie ja doch irgendwann auffliegen.

Als Simone sich bei newlove eingeloggt hatte, sah sie, dass sie an beiden Tagen einen erhobenen Daumen von Wolle erhalten hatte. Aber warum schreibt der Kerl nicht einmal, dachte sie. Mit Daumen kann man nun mal nicht kommunizieren. Erneut schickte sie einen Daumen zurück.

Freitags war sie immer bereits mittags zu Hause, denn die Tagesberichte mussten zu einem Wochenbericht zusammengefasst und per E-Mail an ihre Firma geschickt werden.

Danach bereitete Simone sich gedanklich auf den Abend bei Arne vor. Babsi hatte ihr mal einige Fotos gezeigt, auf denen auch Arne mit verschiedenen Freunden zu sehen war. Er sah nicht schlecht aus, doch mehr wusste sie nicht über Arne.

Um 18 Uhr rief Babsi an: „Hallo Simone," sagte sie, „ich hoffe, es macht dir nichts aus, gleich zu Arne zu fahren. Dann bist du unabhängig."

Babsi hatte Recht. Wenn es mir nicht gefällt, kann ich gehen, wann ich will, dachte sie und stimmte zu.

Es war bereits 19.30 Uhr, als Simone vor dem weißen Reetdachhaus in der noblen Heider Wohngegend parkte. Da sah sie das Auto von Bernd, also waren Babsi und er bereits da. Auf ihr Klingeln öffnete Arne die Haustür, nahm sie spontan in den Arm und hauchte ihr einen Kuss auf die Wange. „Schön, dass du kommen konntest", strahlte Arne sie an.

Verstohlen musterte Simone ihn. Was sie sah, konnte ihren Blutdruck in die Höhe treiben. Er war sehr groß, wohl über 190 cm, hatte ein gut geschnittenes Gesicht mit strahlend blauen Augen, dunkles Haar leicht ergraut, eine recht passable Figur mit leichtem Bauchansatz. Es störte sie nicht, denn sie hatte ja selbst einige Pfunde zu viel auf den Rippen. Seine Jeans war nicht sehr eng, doch mit etwas Phantasie konnte man ahnen, was darunter steckte. Er konnte sich auf jeden Fall sehen lassen.

Mit großem Hallo wurde Simone von den anderen beiden empfangen. Ihr gefiel das, denn sie hatte sich vorgenommen, den heutigen Abend zu genießen.

Arne zeigte seinen Gästen stolz das neue, große

Bad. Es war aus edlem Marmor und in schwarz und weiß gehalten. Eine überdimensionale Badewanne ragte von der linken Ecke in den Raum. Sie war auch als Whirlpool nutzbar. Rechts daneben gab es eine große Dusche mit zwei Brausen, so dass man in diesem Bad bequem zu zweit duschen konnte. Über dem großen Doppelwaschtisch hing ein dekorativer, riesiger Spiegel mit integrierter Beleuchtung. Außerdem gab es ein Bidet sowie das zur Decke reichende, beheizte Regal für Handtücher und andere Kleinigkeiten. Sie fragte sich, was will ein alleinstehender Mann mit all diesem Luxus, der eigentlich für zwei Personen gedacht war? Nutzte er die Brausen im Wechsel?

Auch der weiße Marmorboden mit Fußbodenheizung gefiel Simone. In der Mitte war ein schwarzer Stern aus dem gleichen Material eingearbeitet. Einfach äußerst edel!

Als sie sich in dem eleganten Bad umsah, schoss ihr in frivoler Gedanke durch den Kopf: In dieser Badewanne könnte man bestimmt viel Spaß haben - besonders zu zweit...

Dann bemerkte Simone, dass Arne sie prüfend ansah. Sie fühlte sich ertappt und wurde verlegen, was ihr anzusehen war. Das will etwas heißen bei Simone. Aber Arne lächelte nur verschmitzt.

Das Buffet für vier Personen hatte Arne bei einem

Caterer bestellt. Es ließ keine Wünsche offen. Verschiedene Sorten geräucherter Fisch, Krabben, kalte Braten, Serrano Schinken, Salate, eine üppige Käseplatte und weitere Leckereien. Viel zu viel für vier Personen. Zu Beginn gab es Champagner, doch zum Essen tranken sie einen sehr guten Wein, wahlweise weiß oder rot. Alle aßen viel zu viel und tranken deshalb nach dem Essen einen Remy Martin. Mit diesem Drink in der Hand wechselte die kleine Gruppe vom Esszimmer zur gemütlichen Wohnlandschaft.

Wie selbstverständlich setzte sich Arne neben Simone. Bei guter Musik und gepflegten Getränken taute sie langsam auf. Sie gab sich natürlich und fröhlich wie schon lange nicht mehr. Die Anspannung der letzten Tage fiel von ihr ab. Angesteckt von ihrer Fröhlichkeit rückte Arne immer näher und legte den Arm um sie. Erst zuckte Simone ein wenig zusammen, doch dann spürte sie unter Arnes Arm nur noch wohlige Wärme. Sein männlicher Geruch vermischt mit einem teuren Eau de Cologne tat ein Übriges.

Babsi und Bernd beteiligten sich nicht mehr an der Unterhaltung. Sie waren intensiv mit sich selbst beschäftigt. Dieser Anblick löste bei Simone Verwirrung aus. Als hätte Arne das gespürt, machte er eine kleine Drehung und nahm sie ganz fest in seine Arme. Seine Lippen suchten ihre, seine Zunge drang fordernd in ihren Mund ein und spielte mit ihrer. Im Wechselspiel wanderten seine Lippen vom Mund zum Hals und wieder zurück.

Langsam kam Simone in Wallung und erwiderte seine leidenschaftlichen Küsse. Nun wurden auch seine Hände aktiv. Er streichelte ihren üppigen Körper fordernd und intensiv. Oh, das hatte ihr lange gefehlt. Total ausgehungert nach Zärtlichkeiten und Sex machte sie mit. Der Alkohol verstärkte ihre Bedürfnisse, und sie bekam auch nicht mehr mit, wie Babsi und Bernd verschwanden.

Dann befreite Arne Simone von ihrer Bluse und dem BH, knetete ihre vollen Brüste und saugte daran. Simone stöhnte und wand sich in seinen Armen. Arne erforschte jedoch weiter Simones Körper, es dauerte nicht lange und ihre elegante, schwarze Hose landete neben ihrer Bluse und dem BH auf dem Teppich.

Während seine Hände Simones Schenkel streichelten und so langsam den Weg nach oben suchten, wurden ihre Hände ebenfalls aktiv. Arne hatte einfach zu viel an. Zuerst befreite sie ihn von seinem Hemd, dann wanderte ihre Hand tiefer zu seiner Hose und spürte, dass er sehr erregt war. Als sie die Knöpfe aufmachte und den Weg zu seinem Glied suchte, stöhnte er auf. Seine Hose fiel auf den Boden zu den anderen

Kleidungsstücken. Vollkommen nackt konnten sie ungehindert den Körper des anderen erforschen. Inzwischen hatte seine rechte Hand ihr Ziel gefunden und seine Finger bearbeiteten ihre Lustzonen. Simones rechte Hand beschäftigte sich intensiv mit seinem Glied. Ihr letztes sexuelles Erlebnis war schon sehr lange her, doch sie hatte nichts verlernt.

Dem Höhepunkt nahe wollte Simone Arne in voller Größe in sich spüren und signalisierte ihm das auch. Er spreizte ihre Schenkel etwas weiter, sein Schwanz suchte sich den Weg, doch dann, als es richtig losgehen sollte, machte er schlapp...

Da half auch kein Streicheln mehr. Nicht nur für ihn war es frustrierend, nein auch für Simone. Hatte sie etwas falsch gemacht? Gefällt ihm ihr Körper nicht? Oh, was für eine Woche!!

Simone versuchte, durch Verständnis einiges zu retten und sagte zu Arne:

„Bestimmt war es der Alkohol, Arne, oder der ganze Stress, der hinter dir liegt. Das kann passieren."

Diese Brücke half nicht. Arne schwieg sich aus und es kam keine Reaktion.

Simone sammelte ihre Sachen zusammen, ging ins Bad, machte sich frisch und verließ etwas konfus das Haus. Auf eine Verabschiedung verzichtete sie, weil nach ihrer Meinung mit Arne ohnehin nicht zu reden war.

Eigentlich hätte sie nicht mehr fahren dürfen, doch bei ihm konnte sie nicht bleiben. Die Situation war fatal. Obwohl sie bestimmt zu viel getrunken hatte, fuhr sie die Kilometer sicher nach Hause. Den Alkohol spürte sie nicht, denn die Ernüchterung war sehr groß.

Am nächsten Tag rief Babsi an und erkundigte sich, wie es ihr ging. Simone antwortete verstimmt:

„Das war ja gestern nicht die feine Art von euch, so einfach sang- und klanglos zu verschwinden."

Babsi antwortete scheinheilig und sagte dann:

„Wir wollten euch nicht stören, denn ihr habt ja nur noch Augen für einander gehabt. Wie war es eigentlich? Habt ihr eine rauschende Nacht erlebt?"

„Hör bloß auf", zischte Simone aufgebracht: „Ihr seid einfach wortlos verschwunden. Mit Arne war es frustrierend. Er machte mich an, dass ich glühte, und dann lief nichts mehr. Er konnte nicht!"

„Übel, übel" rief Babsi mitfühlend, „dabei erzählt er Bernd immer, dass er am Tag zwei- bis dreimal kann. Nun ja - mit gekochten Makkaroni kann man eben nicht Mikado spielen."

„Wer weiß, was er kann, aber bestimmt nicht vögeln, sonst hätte er anders reagiert", rief Simone entnervt.

„Ich vermute, er hat dieses Problem schon länger. Ich wollte verständnisvoll mit ihm reden, doch er hat total abgeblockt."

Sie unterhielten sich noch eine Weile, bevor sie das Gespräch beendeten.

Am PC loggte sich Simone bei newlove ein. Sofort stach ihr der erhobene Daumen von Wolle ins Auge. Sie dachte: Jetzt muss ich etwas unternehmen, sonst geht das ewig so weiter. Also schrieb sie beherzt:

Hallo Wolle,

warum so schüchtern, man darf mich auch ansprechen.

Liebe Grüße
Simone

„Ob Wolle darauf reagiert?", murmelte sie vor sich hin.

Drei Daumen hatte sie noch bekommen und schickte auch drei zurück. Zwei Herren waren uninteressant für sie, nur mit dem dritten beschäftigte sie sich. Sein Gesicht gefiel ihr. Sein Name war Barny. Er war bereits grau, trug eine dezente Brille und hatte ein vertrauensvolles Lächeln. Er sah mit seinen graublauen Augen einfach sympathisch und seriös aus. Seine Profilangaben gefielen ihr ebenfalls. Barny war Witwer, 179 cm groß, 61 Jahre alt und

Bankkaufmann im Ruhestand. Seine Interessen passten gut zu ihren Wünschen. Ganz schnell schicke sie einen Daumen zurück, als sie sah, dass er online war.

Seine Reaktion ließ nicht lange auf sich warten. Sie hatte Post von ihm. Mal sehen, was er schreibt;

Hallo Lalila,

du gefällst mir gut, ich hätte gern näheren Kontakt zur dir. Melde dich doch einfach.
Ich würde mich sehr freuen.

Liebe Grüße
Malte

Simone lächelte und dachte erwartungsvoll: Der lässt ja keine Zeit verstreichen. Malte sieht wirklich nett aus, man sollte es angehen. Durch ihre negativen Erlebnisse waren die Erwartungen schon etwas geringer. Man sollte alles auf sich zu kommen lassen! Auch die Entfernung von ca. 180 km zwischen Meldorf und Amelinghausen störte sie nicht. Eine Wochenendbeziehung kann durchaus sehr schön sein. Bei Bedarf wären gemeinsame Stunden auch unter der Woche möglich, da sie mindestens zweimal in der Woche in Hamburg zu tun hatte. Von dort war es nicht weit zu ihm. Sie schrieb zurück:

Hallo Malte,

danke für deine Nachricht. Da wir Sympathien für einander haben, sollten wir es angehen. Wir können gern auch einmal telefonieren.

Liebe Grüße
Simone

Zehn Minuten später kam die nächste Nachricht von Malte. Seine Telefonnummer hatte er gleich mitgeschickt und bat um ihren Anruf oder ihre Nummer. Umgehend schickte ihre.

Kaum waren wenige Minuten vergangen, als das Telefon läutete. Auf dem Display leuchtete Maltes Nummer auf, und sie meldete sich.

„Hier ist Malte, hallo Simone. Das ging ja recht schnell mit uns!" Simone lachte:

„Ja, das war wirklich sehr schnell." Ihr gefiel seine Stimme.

Malte erzählte ihr von seinen beiden Kindern, die bereits erwachsen waren und ihm viel Freude machten. Die Tochter arbeitete an einer Grundschule als Lehrerin, der Sohn als Juniorpartner in einer

Rechtsanwaltskanzlei. Seine vor zwei Jahren an Krebs verstorbene Frau, hatte er bis zum Ende gepflegt. Das war nicht einfach und hat ihn an seine körperlichen Grenzen gebracht. Zwar wurde er tagsüber von einer Pflegekraft unterstützt, doch die lange Nächte, in denen seine Frau Schmerzattacken hatte, ließen ihm wenig Schlaf.

Kurz nach ihrem Tod hatte er einen Zusammenbruch und musste längere Zeit in stationäre, psychische Behandlung. Seine Kinder, die weiter entfernt wohnten, konnten ihn aus beruflichen Gründen nur wenig unterstützen.

Seine Geschichte hatte Simone sehr ergriffen und sie reagierte mit den Worten: „Dann bist du ja durch die Hölle gegangen."

„Ja", erwiderte" Malte, „auf Grund meiner Krankheit schickte man mich früher in Rente, obwohl ich gern wieder bei der Bank gearbeitet hätte, nachdem die akute Phase vorbei war."

Nach der Verabschiedung von Malte hing Simone ihren Gedanken nach. Die waren, was Malte anbetraf, durchaus positiv. Bedingt durch ihre Erfahrungen war sie generell schon misstrauischer geworden. Sie investierte nicht so viel Gefühl in diesen Kontakt.

In dem Telefonat am nächsten Tag schlug Malte ein baldiges Treffen vor. Gern würde er wieder einmal

Seeluft schnuppern und fragte daher:

„Macht es dir etwas aus, wenn ich nach Meldorf komme? Gern würde ich wieder einmal am Strand entlang laufen. Anschließend könnten wir irgendwo leckeren Fisch essen."

Simone gefiel der Vorschlag:

„Wie sieht es bei dir zum Wochenende aus? Da habe ich den Kopf frei, weil ich nicht arbeiten muss. Zu unserem ersten Treffen sollten wir uns ausreichend Zeit nehmen."

Malte fand den Vorschlag gut und fragte:

„Wie ist denn die Zugverbindung von Hamburg nach Meldorf? Ich fahre seit meiner Krankheit kein Auto mehr."

„Bis Heide ist die Verbindung gut. Dort werde ich dich dann mit dem Auto abholen," versicherte ihm Simone.

Sie vereinbarten, dass Malte sich nach den Fahrzeiten erkundigt und ihr dann seine Ankunft in Heide mitteilt.

Freitag kurz nach 16 Uhr läutete das Telefon. Es war Malte. „Hallo Malte, alles gut bei dir? Ich freue mich auf dich. Wann kommst du?", war Simones Frage.

Verlegen und gepresst antwortete Malte:

„Leider ist ein Problem aufgetreten, Simone."

„Was ist passiert?", hakte sie nach.

Leise und unsicher kam von Malte:

„Mein Geld für diesen Monat ist aufgebraucht. Obwohl reichlich auf meinem Konto liegt, gibt mir mein Betreuer nicht den Betrag für die Fahrt zu dir."

Simone fragte entgeistert:

„Warum in aller Welt hast du einen Betreuer?"

Malte entgegnete zerknirscht:

„Das kam durch meine Krankheit. Ich hatte keine Übersicht mehr und konnte meine täglichen Angelegenheiten nicht mehr selbst regeln. Ich hatte den Boden unter den Füßen verloren."

Dann holte er tief Luft und sprach weiter: „Ich hatte jeden Bezug zum normalen Leben verloren. Die meiste Zeit verbrachte ich in Spielsalons und habe zu viel Alkohol getrunken. Hinzu kamen Mietrückstände und andere Schulden. Deshalb wurde ein amtlicher Betreuer eingesetzt."

Fassungslos und kopfschüttelnd fragte Simone:

„Du bist nicht mehr geschäftsfähig oder sehe ich das falsch?"

Kleinlaut erwiderte Malte:

„Eigentlich ja. Ich wollte das schon wieder ändern lassen, aber so einfach ist das nicht."

Simone fragte weiter:

„Und was ist mit deiner Wohnung?"

Resigniert erklärte ihr Malte:

„Die Miete für meine Zweizimmerwohnung,

inklusive Nebenkosten sowie das Telefon werden von meinem Betreuer geregelt. Mein wöchentliches Taschengeld beträgt 100 Euro. Für Sonderwünsche, wie die Fahrt zu dir, muss ich ihn vorher fragen. Ich verstehe nicht, warum er mir das Fahrgeld verweigert, denn Geld ist genug auf meinem Konto."

Simone war wie vor den Kopf geschlagen, wollte aber noch wissen: „Wer regelt denn deine Mitgliedschaft bei newlove?"

„Mein Betreuer ist darüber informiert und nimmt die fälligen Überweisungen vor", klärte Malte sie auf.

„Dein Sohn ist doch Rechtsanwalt, warum übernimmt er nicht deine Betreuung oder hilft dir bei der Aufhebung, wenn du keine Hilfe mehr brauchst?", wollte Simone wissen.

„Mein Sohn hat dafür keine Zeit und er wohnt sehr weit weg," war Maltes Antwort.

Verärgert verabschiedete sich Simone mit den Worten:

„Dann ist es wohl besser, wenn wir uns nicht treffen. Kläre deine Situation erst einmal mit deinem Betreuer! Alles Gute!"

Nach Beendigung des Telefonats setzte sie sich erst einmal seufzend in ihren Sessel. Dieses Erlebnis war krass für sie, dabei hatte sie so ein gutes Gefühl gehabt. So etwas hatte sie einfach nicht erwartet. Sie konnte es immer noch nicht fassen. Für Simone war auch rätselhaft, dass der Sohn nicht die Betreuung übernehmen, oder die amtliche Betreuung für ihn ganz aufheben konnte.

Da stimmt wohl einiges nicht zwischen Vater und Sohn. Obwohl Malte ihr im gewissen Sinne Leid tat, war eine Verbindung mit ihm indiskutabel. Womöglich sollte sie selbst noch als Betreuerin eingesetzt werden. Sie konnte sich schönere Aufgaben im Leben vorstellen. Bei einem alten, hilflosen Menschen wäre sie durchaus dazu bereit, in diesem Fall jedoch nicht.

Also Schwamm drüber und weiter geht es bei newlove.

Jetzt bin ich wieder um eine Erfahrung reicher, stellte Simone nach dem unschönen Erlebnis mit Malte fest. Doch davon wollte sie sich nicht runterziehen lassen, sondern einfach weitermachen. Manchmal dauert es eben etwas länger, bis man sein Ziel erreicht. Für sie war aufgeben ohnehin nur etwas für Feiglinge! Das sagte ihr ihre Lebenserfahrung… Und da sie für newlove bereits gezahlt hatte, wollte sie das Portal auch weiter nutzen.

Stirnrunzelnd und unsicher saß sie vor ihrem Monitor und überlegte, ob sie sich noch bei einer anderen Single Börse anmelden sollte. Doch dann verwarf sie den Gedanken gleich wieder. Die Auswahl bei newlove war groß genug. Vielleicht ist ja schon bald der „Richtige" für sie dabei.

Sie loggte sich ein und ging auf die Suche. Wolle hatte noch einmal einen Daumen geschickt. Das fiel ihr zuerst auf. Aber wieder war keine Nachricht dabei... Was ist nur los mit diesem Mann? Sie konnte sich keinen Reim darauf machen, daher schrieb sie ihm kurz:

Hallo Wolle,

ich nehme mal stark an, du hast Angst vor Frauen, sonst hättest du bestimmt schon geantwortet. Ich bin harmlos und beiße sehr selten. Ein paar Zeilen von dir wären nett.

Liebe Grüße
Simone

Und weiter ging die Suche. Wie immer beschäftigte sie sich zuerst mit den Herren, die online waren.

Oh, sie hatte eine Nachricht! Schnell klickte sie ihr Postfach an, um sie zu lesen. Enter nannte sich der Schreiber.

Hallo Hübsche,

ich bin immer anständig, doch bei dir will ich einmal ein wenig unanständig sein. Du siehst so aufregend aus! Könntest du über deinen Schatten springen und einem frechen Mann antworten?

Lieben Gruß
Udo

Einen Daumen schickte er gleich hinterher.

Simone musste laut lachen. Was sollte denn dieser Blödsinn! Sie beschäftigte sich mit seinem Profil: Udo war 47 Jahre alt, 183 cm groß und hatte kurze, braune Haare. Auf dem Foto sah sie aller-dings, dass sich sein Haar auf dem Oberkopf schon beachtlich gelichtet hatte. Seine blauen Augen blickten sie schelmisch an.

Was sie sonst noch von ihm sah, erhöhte ihren Pulsschlag: Schlank, muskulös, in Jeans und einem engen T-Shirt steckend - präsentierte er sich auf dem Bild. Dann las sie, dass er regelmässig Fitness machte.

Er suchte Freundschaften und Flirts. Das passt doch fürs Erste, dachte sie. Jetzt sah sie, was er vermutlich mit unanständig meinte: Der Schelm war verheiratet! Das fand sie gar nicht witzig. Aber er war ein

Spaßvogel, und das gefiel Simone. Auch seine Beschreibung von sich selbst brachte sie zum Lachen.

Er schrieb in seinen Profilangaben über sich:

> Daumen verteile ich, doch ich möchte selbst keinen von der Damenwelt bekommen, da ich ohnehin weiß, dass ich einzigartig bin. Kutschen sind schön, für ein Dreirad bin ich zu alt, daher fahre ich lieber Auto. Ansonsten ist nicht ein Porsche geil für mich, sondern mein rotes Rennrad.

In diesem Stil ging es weiter. Simone konnte sich vor Lachen kaum halten, daher schrieb sie gleich zurück:

Hallo Unanständiger,

bravo, ich habe es geschafft, über meinen Schatten zu springen! Deshalb schreibe ich dir und bin ziemlich gespannt, was der unanständige Mann mir in der nächsten Nachricht so alles zu bieten hat.

Liebe Grüße
Simone

Simone schaltete den PC ab, denn sie musste

unbedingt zum Einkaufen, und die Wäsche sollte ebenfalls gemacht werden. Also schnell alles sortieren und ab damit in die Waschmaschine!

Die Partnersuche war wirklich zeitraubend, fand sie. Wichtige Arbeiten wurden auf die lange Bank geschoben, um rasch an den PC zu kommen. Eigentlich war es nicht ihre Art, alles vor sich herzuschieben.

Bevor Simone das Haus verließ, musterte sie sich prüfend vor dem Spiegel. Sie musste ein wenig nachbessern. Kurz darauf war sie mit sich zufrieden. Während sie ihre Steppjacke überzog, musterte sie sich noch einmal im Spiegel. Alles war gut. Sie nahm die Autoschlüssel, Einkaufstasche und fuhr zum Supermarkt. Meist erledigte sie samstags den gesamten Einkauf für die Woche, denn bedingt durch ihre Arbeit war die Zeit immer knapp.

Nach Erledigung ihres Großeinkaufs ging sie zu ihrem Wagen, dabei stolperte sie fast über Arne, der wie aus dem Nichts kommend, plötzlich verlegen vor ihr stand.

„Hallo Simone", begrüßte er sie unsicher.

„Hallo Arne, was treibst du denn hier?", kam es verwundert zurück, denn mit ihm hatte sie überhaupt nicht mehr gerechnet.

„Ich hatte in Meldorf einiges zu erledigen und muss noch einkaufen", gab er zurück und fragte dann:

„Hast du Zeit, wollen wir irgendwo eine Tasse Kaffee trinken?"

Simones Gefühle waren zwiespältig. Sie dachte immer noch an den verunglückten Sex mit ihm. An seiner Miene erkannte sie, dass ihn die gleichen Gedanken bewegten. Er fühlte sich ganz offensichtlich nicht wohl damit.

Also willigte sie ein, erinnerte ihn aber an seinen noch nicht erledigten Einkauf. Doch Arne war ein klärendes Gespräch mit ihr bei einer Tasse Kaffee wichtiger. Einkaufen konnte er immer noch.

Zwanzig Minuten später saßen sie sich im Dom Café gegenüber. Arne drackste herum und rührte ständig verlegen mit dem Löffel in der Tasse herum:

„Glaub' mir Simone, ich war selbst total geschockt über mein Versagen", begann er stockend die Unterhaltung. „So etwas ist mir vorher noch nie passiert. Bitte entschuldige mein Verhalten danach. Es tut mir wirklich sehr, sehr Leid", dabei sah er sie flehend an.

Simone nahm die Entschuldigung an, doch seinen Wunsch auf eine Wiederholung lehnte sie ab.

„Arne, ich bin dir überhaupt nicht böse. Aber wir sollten es bei diesem einen Abend belassen. Wir können gern Freunde sein, doch weitere Zärtlichkeiten wird es zwischen uns nicht geben. Ich habe auch den Eindruck, dass wir nicht zueinander

passen."
Dabei hatte sie das untrügliche Gefühl, bei Arne genau den richtigen Nerv getroffen zu haben. Er wirkte geradezu erleichtert. Nach einer Stunde verabschiedeten sie sich beide ganz gelöst und freundschaftlich.
Zu Hause angekommen verstaute Simone ihre Einkäufe. Sie erledigte unwillig ihre Hausarbeiten und hing die fertige Wäsche auf.
Danach gönnte sie sich eine kleine Pause, um bei newlove nachzusehen, ob Post eingetroffen war.
Wie erwartet, hatte Udo geschrieben.

Hallo meine Hübsche,

der Unanständige schreibt! Denn Schreiben ist Gold, Reden ist nur Silber. Unanständigkeit hat übrigens etwas, versuche es doch selbst einmal! Doch bitte nur bei mir, das reicht für dich vollkommen aus. Auf deine schönen Lippen möchte ich gern einen dicken Knutschi drücken, na du weißt schon...
Lirum larum Löffelstiel, der Udo möchte viel...

Lieben Gruß
Udo

Dieser dreiste Text amüsierte Simone. Ja, frech und

originell, so etwas reizte sie. Er ist aber nicht frei, dachte sie kurz und außerdem zu jung. Doch diese Leichtigkeit und der geschriebene Blödsinn beflügelte sie...

Sie wollte nicht sofort antworten, denn ihr Interesse sollte nicht so offenkundig sein. Jetzt werde ich mein Wochenende genießen, beschloss sie, und auch nicht zu viel an Männer denken, da die bisher nur Probleme verursacht haben.

Das Telefon klingelte. Eigentlich wollte sie nicht abnehmen, doch dann sah sie, dass es ihr Sohn Jörn war. Über diesen Anruf freute sie sich und nahm ab:

„Hallo Jörn, wir haben ja lange nichts von einander gehört, dann muss es dir gut gehen", begrüßte sie ihn.

„Es geht mir gut, Mutter, und gleich wirst du dich auch sehr, sehr freuen". Simone war gespannt.

„In sieben Monaten werde ich Vater!", rief ihr Sohn freudig.

Das war natürlich eine große Freude für Simone. Glücklich über diese schöne Nachricht sagte sie:

„Ach Jörn, das ist ja wunderbar. Ich freue mich sehr und auch für euch. Wie geht es Dani damit?", fragte sie dann besorgt.

Jörns junge Frau war nicht ganz gesund. Der Magen machte ihr häufig Probleme.

„Es geht ihr sehr gut, Mutter, sie ist einfach nur

glücklich. Das macht mich froh," antwortete Jörn.

Fast zwei Monate hatte Simone ihre Sohn Jörn und seine Familie nicht mehr gesehen. Deshalb fragte sie: „Seid ihr morgen zu Hause, Jörn, ich würde euch gern besuchen?"

„Wir haben nichts Besonderes vor und würden uns freuen, wenn du kommen könntest", antwortete Jörn.

„ Abgemacht! Ich werde dann am späten Vormittag bei euch sein", sagte Simone glücklich und verabschiedete sich von ihrem Sohn.

Eine aufregende Woche ging zu Ende. Den morgigen Sonntag wollte Simone mit ihrer Familie genießen. Sie nahm sich ein Buch, legte sich auf das bequeme Sofa, um zu lesen. Doch sie konnte sich nicht konzentrieren, zu viel war in dieser Woche auf sie eingestürmt. Ihre Gedanken schweiften auch oft zu dem Spaßvogel Udo.

Sie stand auf, öffnete die Flasche Sekt, die schon längere Zeit im Kühlschrank stand, trank einen Schluck auf die werdenden Eltern und die zukünftige Oma, die bald ihr viertes Enkelkind in den Arm nehmen durfte.

Nach den ganzen Aufregungen hatte die Woche noch ein positives Ende genommen. Eine innere Zufriedenheit breitete sich in Simone aus. Sie liebte ihre Kinder und Enkelkinder sehr, doch es fehlte trotzdem etwas. Wieder dachte sie sehnsüchtig an Nähe, Wärme und Liebe mit einem Partner. Kompromissbereit war sie, doch bei den bisherigen Begegnungen und Kontakten gab es irgendwie keine Basis für eine gemeinsame Zukunft.

In dieser Nacht schlief Simone sehr gut und wachte um neun Uhr morgens auf. Sie fühlte sich einfach herrlich wohl und freute sich auf den Besuch bei ihrem Sohn. Um halb elf war sie reisefertig, stieg in ihr Auto und fuhr in Richtung Norderstedt, wo Jörn wohnte. Es war Sonntag und wenig Verkehr auf den Straßen. Sie liebte die Geschwindigkeit, und wenn es möglich war, fuhr sie gern schnell. Rasch hatte Simone ihr Ziel erreicht.

Bei Jörn angekommen, sah sie das Auto ihrer Tochter Bella und das ihres älteren Sohnes Peter vor dem Haus. Sie freute sich, obwohl ihr klar war, dass dieser Tag nicht so ruhig verlaufen würde, wie sie sich das vorgestellt hatte. Drei Kinder zwischen einem und fünf Jahren brauchen viel Aufmerksamkeit und konnten anstrengend sein.

Die Begrüßung war stürmisch und sehr liebevoll. Ihre Enkelkinder Paula und Jannick rannten um die Wette auf sie zu. Sie drückte und küsste die beiden und musste dann Baby Sven auf den Arm nehmen. Er wollte auch liebevoll begrüßt werden. Die Eltern kamen ebenfalls nicht zu kurz. Simone hatte ein sehr liebevolles Verhältnis zu ihrer Familie. Sie umarmte ihre Kinder und freute sich. Für Simone war es einfach schön, so eine herzliche Familie zu haben.

Dani ging nach der Begrüßung in die Küche, um das Essen für die hungrigen Gäste vorzubereiten. Simone folgte ihr: „Komm' ich helfe dir! Setz' dich einen Moment hin und schone dich. Denk' an dein Kind. Bloß kein Stress!"

Dani folgte dankbar dieser Aufforderung. Das Fleisch für das Gulasch war schon geschnitten. Rasch schälte Simone ein paar Zwiebeln, schnitt sie in Würfel und ließ sie in der heißen Pfanne etwas bräunlich werden. Dann kam das Fleisch dazu und wurde kräftig gewürzt. Während es schmorte, machte Simone einen bunten Salat fertig und setzte Wasser für die Nudeln auf.

Bella deckte mit ihrem Mann Heinz den Tisch, während Peter und seine Frau Silke sich mit den Kindern beschäftigten.

Endlich saßen alle am Tisch und ließen es sich schmecken. Die Kinder mussten ab und zu ermahnt werden, weil sie viel Unsinn machten. Aber das war in diesem Alter normal und manchmal sehr komisch, so dass die Erwachsenen Mühe hatten, ernst zu bleiben. Simone war total entspannt, fühlte sich im Kreis ihrer Familie wohl und war stolz auf Kinder und Enkelkinder.

Nach dem Essen spielten alle mit den Kleinen. Simone sang ihnen Kinderlieder vor, wobei sie aufmerksam zuhörten. Manchmal sangen sie sogar mit, denn einige der Lieder kannten sie aus dem Kindergarten oder von einer CD.

Gegen siebzehn Uhr wurde die fröhliche Runde aufgelöst. Den Kindern sah man an, dass sie sehr müde waren, doch sie hatten die frohen Stunden genossen. Alle verabschiedeten sich liebevoll, und verabredeten gleich ein neues Treffen, das in Meldorf bei Simone stattfinden sollte.

Auf der Rückfahrt sortierte Simone ihre Gedanken und Gefühle, während sie den romantischen Songs aus dem Radio lauschte. Dieser Tag war sehr erfüllend gewesen für sie.

Doch wieder wurde ihr auch bewusst, wie sehr ihr ein Partner fehlte. Mit ihm reden, weinen, lachen und ihm seinen Freiraum lassen, so stellte sie sich eine glückliche Beziehung vor. Nach zwei geschiedenen Ehen hatte sie einiges dazugelernt. Die Fehler, die für das Scheitern verantwortlich waren, hatte nicht nur der Partner gemacht. Auch sie trug Schuld daran, musste Simone sich eingestehen.

Zu Hause angekommen sah sie schnell nach, ob bei newlove eine Nachricht für sie vorlag. Sie freute sich, dass Udo sich kurz gemeldet hatte, obwohl sie ihm noch eine Antwort schuldete.

Hallöchen Simone,

der Unanständige kann es nicht lassen, dir einen dicken Knutschi zu schicken. Stehe unter Beobachtung! Am Montag mehr...

Gruß mit dickem Knutschi
Udo

Simone lachte herzlich und dachte: Der ist ja wirklich gut drauf, na besser so, als ein Miesepeter. Sie schrieb zurück:

Hallo Udo,

der dicke Knutschi ist gut angekommen und hat meinen Pulsschlag erhöht. Kannst du das eigentlich verantworten? Es tut mir ja richtig Leid, dass du sooo streng bewacht wirst... Oder hast du das verdient? Freue mich auf Montag.

Einen dicken Schmatz zurück
Simone

Die Leichtigkeit der Kommunikation mit Udo

bereitete ihr viel Spaß. Ohne sich Hoffnungen zu machen, war sie gespannt, wie es weiter gehen würde.

Montag hatte sie Bürotag und Simone saß den ganzen Tag am PC. Eine weitere Nachricht von Udo sah sie daher schnell und freute sich darüber.

Guggugg Simone,

du hast mich sicherlich genauso vermisst wie ich dich. Jetzt zu mir.

Vielleicht denkst du dir so etwas schon. Ich führe seit 15 Jahren eine Wochenendehe, aber die klappt nicht mehr. Da kommt man eben auf dumme Gedanken.

Doch dich als dummen Gedanken zu bezeichnen, wäre dir gegenüber nicht fair. Du gefällst mir einfach. Auf den Fotos, die von dir bei newlove zu sehen sind, erkenne ich, dass du genau die fraulichen Formen hast, die ich so liebe. Bohnenstangen, die mit der Briefwaage das Essen abwiegen, mag ich überhaupt nicht.

Ich arbeite für eine Firma in Rendsburg und habe dort einen guten Job. Meine Familie lebt in Halberstadt im Harz. Leider sind Stellenangebote für Ingenieure dort rar und werden auch nicht gut bezahlt. Dadurch bin ich vor 15 Jahren nach Rendsburg gekommen. Meine Frau wollte nicht umziehen, weil wir im Harz ein schönes Haus haben, und natürlich spielten die Kinder auch eine Rolle. Gern wären sie mit nach Rendsburg gezogen, aber meine Frau wollte es partout nicht. Im Laufe der Zeit ist es zwangsläufig zu einer Entfremdung gekommen.

In den ersten Jahren lief alles noch recht gut, doch inzwischen habe ich das Gefühl, meiner Frau total gleichgültig geworden zu sein. Freitag Nachmittag fahre ich dann immer zu meiner Familie. Montag früh morgens geht es wieder zurück nach Rendsburg. Dort stehe ich vier Tage lang nicht unter Beobachtung.

So, nun weißt du alles. Die Gedanken an dich sind schön und zugleich ganz anständig unanständig.

Ich denke daran, an welche Stellen ich dir die Knutschis verpassen würde, wenn ich jetzt bei dir wäre...

Viele Knutschis
Udo

Die Knutschis lösten einen Lachreiz bei Simone aus. Dann dachte sie über Udos Situation nach. Sie konnte die wachsende Entfremdung gut verstehen. Im Laufe der Zeit baut sich jeder Partner ein eigenes Leben auf, in dem der andere immer weniger Platz hat. Die Kluft kommt automatisch und wird verständlicherweise immer größer. Es passiert schleichend. Wenn beide nicht gegensteuern, gibt es irgendwann keine Gemeinsamkeiten mehr. Die Kinder sind noch die Bindeglieder, doch die werden auch älter und gehen ihre eigenen Wege.

Meine Sorge soll es nicht sein, dachte Simone, und schloss mit dem Thema ab. Wichtiger war für sie, sich eine Antwort an Udo zu überlegen..

Hallo Udo,

du überlegst, an welchen Stellen du deine Knutschis bei mir platzieren möchtest? Oh, là là! Wollen wir nicht lieber Rock and Roll tanzen, das ist anständig, oder? Du willst wohl gar nicht anständig sein... Immer schön aufpassen, nie logout zu Hause vergessen, damit es nicht peinlich für dich wird.
Glücklicherweise bin ich nicht in einer ähnlichen Situation wie du. Trotz Haus und Kindern habe ich vor einigen Jahren die Reißleine gezogen mit dem Ergebnis: „Ich habe mich geholfen!" Lach, lach.

Schmatz Simone -
ob es ein dicker wird, muss ich mir noch überlegen...
Simone vertiefte sich wieder in ihre Arbeit, doch immer wieder schweiften die Gedanken ab und

blieben bei dem Spaßvogel Udo hängen. Sie musste lächeln. Ihr war bewusst, dass sie mit dem Feuer spielte, aber es reizte sie...

Um drei Uhr nachmittags hatte sie alle Arbeiten erledigt und entspannte erst einmal bei einem Pott Kaffee. Gähnende Leere im Postfach von newlove. Wieder hat Wolle nicht geantwortet, sondern sie nur mit einem Daumen bedacht.
Ist der Typ krank oder kaputt, fragte sie sich, denn wieder war keine Nachricht dabei. Also schickte sie erneut einen Daumen zurück und schrieb dazu ironisch:

Hallo Wolle,

selbstverständlich danke ich dir für den Daumen und schicke einen zurück. Inzwischen mache ich mir ernsthaft Gedanken, ob du des Schreibens mächtig bist, oder ob deine manuellen Fähigkeiten auf das Daumenanklicken begrenzt sind?

Liebe Grüße
Simone

Nachdem sie die Mail verschickt hatte, ging sie in die Küche und machte sich etwas zu essen. Ob jetzt endlich mal eine Nachricht von Wolle kommen würde, fragte sie sich. Oder muss ich noch mehr provozieren?

Nach dem Essen zappte sie sich später durch die einzelnen TV Sender, sah kurz die Nachrichten und schaltete den Fernseher dann aus.

Inzwischen war es Abend geworden. Es könnte schon eine Nachricht von Udo gekommen sein, hoffte sie, also wieder ran an den PC zu newlove!

An Männern, die ihr Profil besuchten, war sie seit dem Kontakt mit Udo nicht sonderlich interessiert und sah sich nur halbherzig die Aktivitäten an. Es gab einige Besucher. Sie hatte zwei Daumen bekommen, die sie erwiderte, ohne sich weiter mit den Absendern zu beschäftigen... Im Postfach waren zwei Nachrichten, eine war von Wolle.

„Ich fasse es nicht," rief sie aus, „Wolle hat geschrieben!"

Das hatte natürlich oberste Priorität, bevor sie die andere Nachricht von Udo las.

Hallo Simone,

danke für deine nette Nachricht, lach lach... Ich bin des Schreibens durchaus mächtig, doch dies ist die erste Nachricht, die ich von dir lesen konnte. Waren die anderen auch so keck?

Da ich kein zahlendes Mitglied war, konnte ich zwar sehen, dass du geschrieben hattest, aber deine Mails waren für mich nicht lesbar. Ich habe mich jetzt kostenpflichtig angemeldet und heute erstmals eine Nachricht von dir lesen können. Schreib' mir ruhig weiter solche flotten Zeilen. Sie erheitern mich. Ich würde mich freuen, wenn du bald wieder schreibst.

Liebe Grüße
Robert

Eine verlegene Röte machte sich vom Hals aufwärts bis zu Simones Stirn breit. Peinlich, dachte sie, doch er hatte Humor. Das musste sie erst einmal verdauen, bevor sie antwortete.
Nun zur Nachricht von Udo.

Hallo Schnuckelchen,

schade, dass du nicht in meiner Nähe bist. Vermutlich hätten deine weichen Hände mich heilen können. Fürchterliche Nackenschmerzen plagen mich durch die konzentrierte PC Arbeit. Deshalb musste ich eine Professionelle aufsuchen, die mir Hals und Nacken wieder einrenkte. Eine Nachbearbeitung durch dich wäre dringend erforderlich. Deine Hände dürfen dabei auch gern etwas tiefer wandern...

Schreib' mir doch mal deine Telefonnummer. Ich rufe dich dann gleich morgen an. Ich möchte so gern mal deine Stimme hören.

Ein dicker Knutschi und gute Nacht
Udo

Dieser Frechdachs, sie musste wieder lachen. Langsam, mein Freund, dachte sie, dich lass' ich doch glatt bis morgen zappeln! Trotzdem war sie sehr gespannt auf seine Stimme und überhaupt...

An Robert wollte sie eine kurze Nachricht schicken.

Hallo Robert,

jetzt bin ich ja angenehm überrascht. Haben meine Nachrichten, die du bisher als „nicht Mitglied" nicht lesen konntest, deine Neugier geweckt? Ich freue mich, schon bald wieder etwas von dir zu hören.

Liebe Grüße
Simone

Die Bürotage strengten Simone weit mehr an, als

ihre Geschäftsreisen. Deshalb freute sie sich auf einen gemütlichen Abend. Vielleicht werde ich noch ein wenig fernsehen, dachte sie. Doch wenig später machte sie den Fernseher aus, weil ihr kein Film gefiel.

Sie ging ins Bad und zog, nach dem abendlichen Pflegeprogramm, ihr rotes Spitzennachthemd an. Endlich im Bett machte Simone von Müdigkeit übermannt das Licht aus und schlief sofort ein.

Ihr Schlaf war unruhig, sie wälzte sich hin und her. Um fünf Uhr war die Nacht für sie zu Ende. Simone konnte nicht mehr schlafen und stand auf. Mit einem Pott Kaffee im Haus hin- und her gehend fragte sie sich, was mit ihr los wäre. Schnell wurde ihr bewusst, dass ihr Leben durch die Partnersuche aus den Fugen geraten war. Neben den geschäft-lichen Problemen kamen in letzter Zeit Belastungen mit diversen, sinnlosen Kontakten aus der Männerwelt hinzu. Sie fragte sich ernsthaft, ob es das wert war? Dann loggte sie sich im Forum ein, um Udo zu schreiben:

Hallo Udo,

der flotte „Dreier" hätte besser sein können, dann wäre meine Nachtruhe länger und erholsamer gewesen. Ich schicke dir jetzt meine Telefonnummer und freue mich auf deinen Anruf.

Liebe Grüße und einen dicken Schmatz
Simone

Simone lachte in sich hinein, denn auf „den flotten Dreier" wird bestimmt ein Kommentar von Udo kommen.

Udo hatte sehr schnell die Post gelesen, denn bereits eine Stunde später erschien seine Reaktion. Er war offensichtlich irritiert. Wie schön, dachte Simone. Im Gegensatz zu den bisherigen Nachrichten redete er sie nur so an:

Hallo Simone,

habe ich etwas verpasst? Flotter Dreier? Ich bin etwas enttäuscht und überlege ernsthaft, ob ich dich heute Abend überhaupt anrufen soll.

Gruß Udo

Als Simone das las, wurde sie blass, denn mit einer solchen Reaktion hatte sie nicht gerechnet. Den Spaß hatte er wohl in den falschen Hals bekommen. Sofort schrieb sie zurück:

Hallo lieber Schmoller,

nicht böse sein! Der flotte Dreier setzt sich wie folgt zusammen: Meine Bettdecke, mein Kopfkissen und ICH! Schmollen gilt daher nicht. Ich erwarte deinen Anruf nach achtzehn Uhr.

Liebe Grüße und einen
besonders dicken Schmatz
Simone

Einige Minuten später reagierte Udo und schrieb:

Schnuckeliger kleiner Teufel,

mich so durcheinander zu bringen, ist dir perfekt gelungen. Lach lach... Ich bin versöhnt und hoffe, die Stunden bis zu unserem Telefonat vergehen schnell.

Viele dicke Knutschis
Udo

Die Tage konnten sich manchmal endlos hinziehen. So kam es Simone heute vor. Um 16 Uhr kam sie von ihrer Tagestour zurück, erledigte ihren Bericht, und dann begann die Zeit des Wartens. Nervös und hektisch verrichtete sie ein wenig Hausarbeit und fragte sich im Stillen:

Benehme ich mich nicht wie ein Teenager? Was ist los mit mir? Wieso lässt du dich von einem Mann, den du noch gar nicht kennst, so verrückt machen...

Kurz vor halb sieben klingelte endlich das Telefon. Sie ließ es dreimal läuten, bevor sie sich meldete.

„Hier ist Simone", sagte sie bewusst gleichgültig, obwohl sie sehr aufgeregt war.

„Hallo Simone, meine Hübsche", begrüßte Udo sie.

„Wie geht es dir? Hast du mich auch so sehnsüchtig erwartet wie ich dich?"

Seine dunkle Stimme gefiel ihr gut, wieder ein Pluspunkt für ihn. Lachend kam von Simone zurück:

„Klar doch, du Unanständiger, ich konnte an nichts anderes mehr denken. Das wolltest du doch sicherlich hören."

„Natürlich, denn genauso muss es sein, liebste Simone. Ich denke oft an dich, sehe mir gern deine Fotos an und bekomme dann ganz viel Gefühl..."

Simone lächelte süffisant in sich hinein:

„Oh, erzähl' doch mal, Gefühle sind immer gut."

Sie spielte mit dem Feuer. Das wusste sie. Sie dachte an seine Ehe. Doch ihre Gewissensbisse verbannte sie gleich wieder. Bisher war ja noch gar nichts passiert.

Udo gab zurück:

„Wenn ich mir dein Foto in der türkisfarbenen Bluse betrachte, juckt es mir in den Fingern. Ich möchte sie gern aufknöpfen, um zu sehen, welche Pracht sich darunter versteckt."

Obwohl Simone fast mit einer solchen Reaktion gerechnet hatte, wurde sie nun doch etwas verlegen und antwortete:

„Ab dem zweiten Knopf, gibt es etwas auf die Finger!"

Natürlich schmunzelte sie dabei. Sie war sich sicher, dass er sie nicht ernst nehmen würde.

Da kam auch schon Udos Antwort:

„Es kommt eben immer auf den Versuch an. Zuvor würde ich dich leidenschaftlich küssen und deinen Protest damit ersticken."

„Aha, so ist das also",

entschlüpfte es Simone, und sie spürte ein angenehmes Gefühl in sich aufsteigen.

Udo legte nach:

„Wenn ich mir das Foto so ansehe, steckt unter der Bluse bestimmt zweimal doppelt „D", habe ich Recht?"

Simone wurde jetzt richtig mutig. Aber sie gab sich gelassen:

„Wenn du es genau wissen willst, es ist 105 E!"

„Noch besser!", kam es mit einem Lachen von Udo.

Simone wollte die erotische Plänkelei beenden. Sie

war ihr zu heiß geworden und deshalb fragte ihn:
„Wohnst du während der Woche im Hotel, Udo?"

Er erzählte ihr, dass er eine kleine Wohnung angemietet hätte, denn vier Tage lang die Abende im Hotel zu verbringen, gefiel ihm überhaupt nicht.

Danach unterhielten sie sich noch einige Zeit. Udo fragte, ob sie WhatsApp nutzte, denn er telefonierte nicht so gern, sondern schrieb lieber kurze Nachrichten. Simone hielt mehr von persönlichen Gesprächen, gab ihm aber trotzdem ihre Handynummer. Dann werden wir eben über WhatsApp kommunizieren, dachte sie, obwohl sie darüber nicht gerade begeistert war.

Nachdem sie sich verabschiedet hatten, dachte Simone über das Telefonat nach. Sie war überzeugt davon, dass es niemals eine beständige Partnerschaft mit Udo geben würde. Problem Nr. 1 war seine Ehe. Und dann war da noch der Altersunterschied von 17 Jahren. Sie sah zwar topp aus und wirkte auch durch ihre Ausstrahlung erheblich jünger. Doch selbst wenn mehr daraus werden würde, dann müsste sie mit einer Affäre zufrieden sein. Wollte sie das wirklich? Diese Überlegungen beschäftigten sie den ganzen Abend bis in die Nacht.

Um sieben Uhr morgens hörte sie den Eingang einer WhatsApp, da ihr Handy generell auf dem Nachttisch lag. Es war nicht schwer zu erraten, wer sich um diese Zeit meldete. Natürlich war es Udo.

Guten Morgen, meine Hübsche.
Einen dicken Kuss von mir, wohin du ihn immer
haben möchtest. Du möchtest doch, oder?
Kuss Udo

Der Tag fing ja gut an, das gefiel Simone. Gleich
schrieb sie Udo zurück:

Guten Morgen, Unanständiger,
ich wünsche dir einen schönen Tag und natürlich
kommt von mir auch ein besonders dicker Schmatz.
Ganz liebe Grüße Simone

Doch dann war es Zeit aufzustehen, die Pflicht rief.
Sie machte sich rasch fertig, frühstückte und warf
einen Blick auf die Uhr. Simone hatte noch Zeit und
wollte nur kurz nachsehen, was sich inzwischen bei
newlove getan hatte.
Ein paar Besucher hatten sich auf ihrem Profil
getummelt. Neu waren drei erhobene Daumen und
eine Nachricht. Zwei Daumen schickte sie aus
Höflichkeit zurück, der dritte kam von dem
Schreiber einer Mail.
Es war Paul55, er war 55 Jahre alt, 180 cm groß,
Angestellter und wohnte in Neumünster. Die

Interessen passten, doch es störte sie, dass er kein Foto von sich in seinem Profil hatte. Trotzdem kann man ja mal sehen, was er zu bieten hat, dachte Simone, allerdings war Udo ohne Zweifel ihre erste Wahl.

Hallo Lalila,

du siehst sehr nett aus. Da mir die Frauen, die etwas älter sind, besser gefallen, schreibe ich dir. Ist ein fast zehn Jahre jüngerer Mann ein Problem für dich? Ich würde mich freuen, wenn du dich meldest.

Liebe Grüße
von Paul

Nett geschrieben. Zu jung? Sie grinste frech und dachte: Junge, wenn du wüsstest! Dann schrieb sie zurück:

Hallo Paul,

warum zu jung? Wenn ich dir nicht zu alt bin, passt das doch. Doch wie sieht's du aus, musst du dich verstecken? Ich vermisse ein Profilfoto von dir.

Liebe Grüße

Simone

Jetzt musste sie das Haus verlassen, sonst würde sie ihr tägliches Arbeitspensum nicht mehr schaffen. Unterwegs erreichte sie eine WhatsApp von Udo:

Schnuckelmäuschen,
jetzt würde ich mich gern mit dem Inhalt von 105 E beschäftigen. Ein dicker Knutsch
Udo

Langsam, ganz langsam, lieber Udo, dachte Simone und antwortete:

Hallo,
Freund von Größe 105 E, du wirst vorwitzig!
Trotzdem - hier kommt ein dicker Kuss
 Simone

Unterwegs beim Mittagessen checkte sie ihre Mails. Wie sie schon vermutet hatte, war eine Nachricht von Paul bei newlove in ihrem Postfach. Er schrieb:

Hallo Simone,

freudig habe ich deine Nachricht gelesen. Zu alt für mich bist du wirklich nicht. Frauen in deinem Alter stellen nicht mehr so hohe Anforderungen an einen Mann. Das wilde Gerammel ist doch nur etwas für Jüngere. Zweisamkeit und zärtliches Schmusen ist viel schöner. Sicherlich siehst du das auch so. Bis dann.

Liebe Grüße
Paul

Simone runzelte irritiert die Stirn. Gerammel? Meinte er damit Sex? In seinem Alter ist es bestimmt nicht normal, dass er dem schönsten Vergnügen der Geschlechter schon so früh entsagt hat...

Schnell schrieb sie ihm zurück:

Hallo Paul,

danke für deine Zeilen. Leider verstehe ich deine Wort nicht so recht. Was meinst du mit ‚Gerammel'? Wenn du damit, wie ich vermute, das Sexualleben zwischen zwei Menschen meinst, so kann ich dir dazu nur sagen, dass die körperliche Liebe für mich immer noch sehr wichtig ist. Und ich genieße sie sehr.

Liebe Grüße

Simone

Sie musste nun weiter. Das Mittagessen war beendet, die Arbeit hatte Vorrang. Im Auto bei laufender Musik ging ihr Pauls Mail durch den Kopf. Gerammel! Nein, diese Aussage gefiel ihr gar nicht, aber sie war auch auf seine Antwort gespannt.
Ich sollte besser nur an Udo denken, das ist doch viel erfüllender. Als hätte er ihre Gedanken geahnt, kam wieder eine WhatsApp Nachricht von ihm:

Liebste Simone,
ich würde gern jetzt mit dir knutschen und dumme Sachen machen...
Kuss Udo

Solche Nachrichten waren mehr nach Simones Geschmack. Sie schrieb ihm rasch zurück:

Mein lieber Freund,
dumme Sachen können sehr schön sein – grins...
Alles Liebe und ein Schmatz
Simone

Später zu Hause erledigte sie erst noch ihre Büroarbeiten, bevor sie sich wieder den Aktivitäten im Netz zuwandte. Wie sie bereits vermutet hatte, wartete eine Nachricht von Paul auf sie.

Liebe Simone,

ja, meine Suche gilt älteren Frauen, denn durch ihr kalendarisches Alter ist ihr Sexualleben ja meist bereits Vergangenheit. Das habe ich auch bei dir gedacht. Doch du brauchst das ja noch, wie du mir schriebst. Ich kann dir das aber nicht mehr geben, es geht einfach nicht. Aber wenn die körperliche Liebe für dich so wichtig ist, dann werde ich eben Viagra nehmen...

Liebe Grüße
Paul

Simone schnappte nach Luft. Sie dachte verärgert: Das kann doch wohl nicht sein. Merkt der Kerl die Einschläge noch? Mit keiner Silbe hatte sie ihm zu erkennen gegeben, dass sie mit ihm schlafen wollte. Bei ihm ist irgendwo eine Schraube locker. Sie hatte nur ganz allgemein darüber geschrieben. Den Kopf schüttelnd rang sie nach Fassung. Ab auf die Blockliste, darauf wird nicht geantwortet, beschloss sie.
Kurze Zeit später kam eine WhatsApp von Udo. Er schickte ein Foto.

Darauf sah man ein glückliches Paar mit nackten Oberkörpern in inniger Umarmung, die sich zärtlich in die Augen sahen. Er schrieb dazu:

Liebe Simone,
schau' dir genau das Foto an. Das wäre jetzt so
schön mit dir! Sehnsuchtsvoll
dein einsamer Udo

Simone spürte wie die Lust in ihr aufstieg und das Blut pulsierte, sie schluckte ein wenig und schrieb zurück:

Hallo mein Sehnsuchtsvoller,
ja, das wäre bestimmt schön mit uns, gute Nacht!
Kuuusssss, und schöne Träume Simone

Müde und erschöpft schlief Simone mit dem Gedanken an Udo rasch ein. Und sie träumte, was eher selten vorkam. In ihrem Traum drehte sich alles nur um Udo. Sie hatten eine Nacht mit zärtlich-wildem Sex. Der Traum endete in einem heftigen Orgasmus, den beide gleichzeitig erlebten. Um sechs Uhr morgens wachte sie auf.

Ihre Gefühle waren zwiespältig. Auf der einen Seite beflügelte die Situation sie, doch anderseits hatte sie Angst, zu viel Gefühl zu investieren, da die Situation in ihren Augen aussichtslos war. Eine gemeinsame Zukunft würde es nie geben, das war nun mal die Realität.

Bis jetzt war es nur ein heftiger Flirt mit Udo, aber beide planten bereits ein Treffen. Doch wann? Udo zierte sich ein wenig. Hatte er Angst, total den Kopf zu verlieren? Wie Simone ließ er sich von der Sinnlichkeit treiben, die sich zwischen ihnen aufgebaut hatte. Wie ein Treffen mit ihnen beiden ablaufen würde, war klar. Der Rosenkranz würde in der Schublade bleiben...

Simone zweifelte bereits an ihrem Verstand. Sie, eigentlich ganz die ‚toughe' Geschäftsfrau, cool nach außen, ließ sich bei diesem Unbekannten treiben, und es machte ihr Spaß. Bin ich überhaupt normal? schoss es ihr durch den Kopf.

Sie hatte eine neue WhatsApp bekommen. Es war klar, dass sie von Udo kam:

Hallo Simone,
hier kommt ein guten-Morgen-Knutschi. Gut geschlafen? Du hast dich immer wieder in meine Gedanken geschlichen, und ich habe mir vorgestellt, was wir alles machen würden... Leider ist die Entfernung hinderlich, aber nur ein wenig...
Bis später!......Kuss Udo
Simone schrieb zurück:

Guten Morgen, mein Verrückter,
ja, ich habe gut geschlafen, doch aus meinen
Gedanken warst du nicht zu verbannen. Warum
auch? Die Gedanken waren schön. Bis bald. Ein
heißer Kuss von mir für dich!
Simone

Sie saß am Frühstückstisch und blätterte in den Unterlagen, die sie für ihre Arbeit brauchte, als wieder eine Nachricht von Udo eintraf:

Herzilein, ich bin untröstlich!
Leider muss ich morgen geschäftlich nach England
fliegen. Dort werde ich eine Woche bleiben, um mit
einem Kunden zu verhandeln. Ich werde auf jeden
Fall versuchen, mich zu melden. Nicht untreu
werden!
Kuuuuuuuussss dein Udo

Die Nachricht machte Simone traurig, und sie überlegte, wie sie seine Abwesenheit überbrücken sollte.

Blitzartig fiel ihr ein, dass Thomas, ein Jugendfreund aus Lüneburg, sie schon mehrmals um einen Besuch gebeten hatte. Er war politisch sehr engagiert, daher nicht leicht abkömmlich. Thomas war vor einiger

Zeit wieder in den Kreis der Singles zurückgekehrt. Sie hatten sich immer gut verstanden.

Daher beschloss Simone, den Besuch endlich nachzuholen. Lüneburg gefiel ihr gut, und sie freute sich auf den Trip. Geschäftlich müsste es machbar sein, sich ein paar Tage frei zunehmen, da sie ohnehin noch Resturlaub hatte. Nach Rücksprache mit ihrem Chef war alles klar. Eine Woche frei, super!

Simone rief Thomas sofort an. Der freute sich sehr: „Das ist ja wirklich eine tolle Überraschung, Simone! Du kannst gern bei mir im Haus schlafen. Ich habe genug Platz." Doch damit konnte sich Simone nicht anfreunden.

„Danke, aber lieber nicht, Thomas. Ich werde in der Innenstadt eine kleine Ferienwohnung mieten. Wir können auch, ohne dass ich bei dir wohne, einiges gemeinsam unternehmen", versprach Simone ihrem alten Freund. Widerstrebend akzeptierte Thomas ihre Entscheidung.

In einem online Portal für Unterkünfte hatte sie schnell ein kleines Ein-Zimmer Apartment mit Kochnische und Bad gefunden, ein Parkplatz war auch dabei. Es passte also. Die Wohnung lag im Zentrum, wie sie es wollte.

Simone rief Thomas an:

„Hallo Thomas, es hat alles geklappt. Ich habe eine

nette, kleine Bleibe in der Innenstadt gebucht und werde morgen Nachmittag gegen drei Uhr in Lüneburg sein."

„Super, Simone, ich freue mich, dann treffen wir uns morgen. Ab achtzehn Uhr habe ich Zeit für dich", versprach Thomas.

„Ruf' mich am besten gegen fünf Uhr nachmittags an, damit wir einen Treffpunkt vereinbaren können", schlug Simone vor.

An Udo schrieb sie.

Lieber Herzbube,
ich bin untröstlich, dass du in die Ferne schweifen musst. Ich werde deine netten, spaßigen Kommentare vermissen. Damit meine Trauer nicht überhand nimmt, habe ich Urlaub genommen und fahre morgen nach Lüneburg. Mal sehen, was sich dort alles ergibt. Pass' auf dich auf! Ein dicker Knutsch Simone

Das Treffen mit Thomas verschwieg sie wohlweislich.

Udos Antwort ließ nicht lange auf sich warten:

Meine Schöne,

bleib' bloß brav, meine Süße. Ich werde mich wieder bei dir melden, sobald es irgendwie geht. Viele Küsse Udo

Nun musste Simone ihre kleine Reise vorbereiten. Sie holte einen Koffer aus dem Keller und überlegte, was sie mitnehmen sollte. Schließlich ging es dann ganz schnell und sie hängte Hosen, Shirts und Blusen auf den Kleiderständer, der neben dem Schrank stand. Morgen früh würde sie rasch alles einpacken.

In der traumlosen Nacht, schlief sie tief und fest und wachte gut erholt morgens durch die WhatsApp von Udo auf.

Tschüss mein Schnuckelchen,
denk' so viel an mich, wie ich an dich... Verrückte Sachen werden nur mit mir gemacht, sonst gar nicht. Dicke Knutschis, wo überall du sie hinhaben möchtest...
dein Herzbube Udo

Simone antwortete:

Mein Herzbube,
guten Flug und komm' putzmunter wieder zurück. Denk' manchmal an mich. Einen dicken Kuss von

mir...
Simone

Um 11 Uhr war Simone startklar, packte den Koffer ins Auto und fuhr los. Die Fahrt verlief angenehm, weil es heute keinen Stau gab vor dem Elbtunnel.

Um halb zwei erreichte sie ihr Ziel. Sie parkte das Auto auf dem vorgesehenen Platz und ging zur Anmeldung ins Nachbarhaus.

Gleich nach der Schlüsselübergabe bezog sie die kleine Wohnung in der ersten Etage, die sehr nett eingerichtet war. Im Wohnzimmer standen zwei gemütliche, sandfarbene Zweiersofas, dazu gehörte ein runder Couchtisch mit Glasplatte. Ein Esstisch mit zwei Stühlen, ein kombinierter Wohnzimmer- und Kleiderschrank, das war schon alles. Das Bett stand in einer kleinen Nische. Und das Bad hatte eine Dusche. In der Kochnische konnte sie sich das Frühstück machen. Das alles war genau richtig für sie.

Nachdem sie ihre Sachen im Schrank verstaut hatte, machte sie es sich auf einem Sofa bequem und erholte sich ein wenig.

Udo hatte sich noch nicht wieder gemeldet, darüber war sie traurig, aber dann wurde ihr wieder bewusst, dass sie ihn ja noch nicht einmal persönlich kannte.

Ihr Handy klingelte. Es war Thomas, der nach ihrer

Adresse fragte, um sie um sieben Uhr zum Abendessen und anschließenden Kneipenbummel abzuholen.

„Ich freue mich auf dich, Thomas", rief Simone aus, „ich werde um sieben Uhr fertig sein." Sie sah noch ein wenig fern und machte sich dann für den Abend zurecht. Danach musterte sie sich kurz im Spiegel und war mit dem zufrieden, was sie sah.

Thomas war pünktlich. Als sie die Tür öffnete, nahm er sie spontan in seine Arme, schwenkte sie ein wenig herum und küsste sie auf beide Wangen.

„Gut siehst du aus, Simone", sagte er bewundernd.

Thomas sah ebenfalls toll aus. Groß, schlank, doch etwas blass. In den dunklen Augen sprühten immer noch lebhaft die Funken. Doch zwei scharfe Falten hatten sich in sein Gesicht eingegraben. Vor zwei Jahren, als Simone ihn zuletzt gesehen hatte, gab es sie noch nicht. Damals lebte er auch noch mit seiner Frau zusammen. Seit einem Jahr waren die beiden getrennt, und die Scheidung lief.

Thomas hatte im Brauhaus einen Tisch reserviert. Dort erzählte er Simone vom Scheitern seiner Ehe. Die Zeit danach war sehr hart gewesen, aber langsam ging es wieder bergauf, erklärte er und lächelte sie an.

Das Essen war ausgesprochen lecker. Simone hatte Thomas die Auswahl überlassen. Als Vorspeise wurde karamellisierter Ziegenkäse serviert, danach gab es Rinderfiletspitzen Stroganoff mit Spargel. Dazu tranken sie eine Flasche alten Bordeaux. So gut hatte Simone schon lange nicht mehr gegessen. Ein Dessert lehnte sie dankend ab, bat jedoch um einen Schnaps. Man einigte sich auf einen Calvados, den Simone gern bei solchen Gelegenheiten trank. Da das Essen so gut und reichlich war, blieb es nicht bei dem einen, es wurde noch einmal nachbestellt.

Anschließend schlenderten Simone und Thomas ein wenig durch die Innenstadt. Irgendwann landeten sie im „Down in Town Cocktail Lounge". Die Stimmung zwischen den beiden Freunden wurde immer beschwingter.

Von Zeit zu Zeit sah Simone auf ihrem Handy nach, ob eine Nachricht von Udo eingetroffen war. Es machte sie ein wenig traurig, dass kein Lebenszeichen von ihm kam. Die köstlichen Cocktails verfehlten ihre Wirkung nicht. Sie wurde immer lockerer...

Der neue Tag hatte schon begonnen, als die beiden Freunde sich auf den Heimweg machten.Thomas legte schützend den Arm um Simone. Es war ihr nicht unangenehm, nein sie schmiegte sich sogar noch etwas dichter an ihn.

Als sie das Apartment von Simone erreicht hatten, kam Thomas wie selbstverständlich mit. Kaum saßen sie auf der Couch, als er Simone auch schon in seine Arme zog, mit der einen Hand in ihre Haare griff, sie dichter an sich presste und sie mit wachsender Leidenschaft küsste. Simone dachte kurz an Udo, weil er sich nicht gemeldet hatte, und gab sich dann trotzig mit aufflackerndem Verlangen Thomas' fordernden Händen hin.

Thomas stöhnte auf und stieß hervor: „Danach habe ich mich so gesehnt. Ich wollte dich schon immer ganz fest in meine Arme nehmen." Dann verschloss er ihr wieder den Mund mit einem leidenschaftlichen Kuss. Dabei gingen seine Hände auf Wanderschaft, griffen nach ihren Brüsten und kneteten sie. Er zog ihr mit einem schnellen Ruck das Shirt über den Kopf, öffnete geschickt den BH und streichelte Simones Brüste so zärtlich, dass es ihr den Atem nahm.

Das Sofa wurde nun etwas unbequem, deshalb zog Thomas sie aufs Bett und sorgte dafür, dass auch ihre letzten Kleidungsstücke fielen. Dann zog er sich rasch aus und legte sich zu ihr. Er streichelte sie weiter, seine Hände glitten nach unten, und sie spürte sein steifes Glied an ihrem Körper. Ganz langsam drang er in sie ein und brachte sie mit rhythmischen Bewegungen zum Höhepunkt.

Ermattet blieben beide liegen, doch als sie merkte, dass Thomas kurz davor war, bei ihr einzuschlafen, bat sie ihn zu gehen.

„Nicht böse sein, Thomas", sagte sie, „es war wunderschön, aber ich bin es gewohnt, allein zu schlafen. Bitte geh' jetzt, wir können uns morgen wiedersehen."

Thomas schluckte zwar etwas, doch er kam ihrer Aufforderung nach. Er nahm sie nochmals in die Arme, küsste sie zärtlich und sagte: „Tschüss meine Simone, schlaf gut."

Dann ging er und zog leise die Wohnungstür hinter sich zu.

Zwei Tage hörte sie nichts von ihm, doch am dritten Tag stand er dann wieder um 19 Uhr vor der Tür.

„Warum hast du dich nicht gemeldet?", wollte Simone wissen.

Etwas verlegen antwortete er:

„Mein Abgang hier war nicht so ganz unproblematisch. Die Haustür war verschlossen, dich wollte ich nicht mehr wach klingeln... Da stand ich nun im Treppenhaus und wusste nicht, was ich machen sollte. Auf halber Treppe zur ersten Etage sah ich dann das Flurfenster und entschloss mich, durch diesen Ausgang meinen Heimweg anzutreten.

Es wurde nämlich schon langsam hell. Dadurch, dass das Fenster zwischen der sechsten und neunten Treppe lag, hatte ich keinen guten Halt, die Fläche auf den Stufen war sehr schmal. Aber es hat geklappt.

Ich zwängte mich mühevoll aus dem Fenster und ließ mich vorsichtig an dem Abfallrohr runter. Zu allem Übel sah mich der Zeitungsbote, der mich sehr gut kennt. Ich verhielt mich dann so, als wäre es völlig normal, das Haus durch ein schmales Fenster zu verlassen, grüßte den jungen Mann freundlich und ging.

Aber ganz ohne Folgen blieb diese Aktion nicht für mich. Einige Blessuren habe ich schon davongetragen. Bis heute schmerzen meine Rippen und meine rechte Schulter tut mir richtig weh," beendete er seinen Bericht.

Thomas tat ihr zwar fruchtbar Leid, aber Simone konnte nicht anders, sie schüttelte sich vor Lachen, so dass ihr die Tränen übers Gesicht liefen. Thomas stimmte nur zögernd mit ein. Es schien ihm nicht gut zu gehen. Sie fühlte ja mit ihm, aber seine Schilderung war doch zu komisch gewesen.

Später unterhielten sie sich freundschaftlich in einem gemütlichen Restaurant beim Essen. Doch die liebevoll-zärtliche Stimmung von vor zwei Tagen wollte irgendwie nicht aufkommen. Deshalb endete ihr Treffen mit einer kurzen Umarmung und einem freundschaftlichen Kuss auf die Wange vor Simones Wohnungstür.

Den restlichen Abend verbrachte Simone allein und

grübelnd auf dem Sofa. Sie hatte Zeit, über die letzten Ereignisse nachzudenken. Sie verstand sich selbst nicht mehr. Was war nur mit ihr los? Die Erlebnisse, die sie durch die Partnersuche hatte, waren alles andere als schön gewesen. Das Treffen mit Peter, seine Unehrlichkeit, der betreute Malte, die unerfüllte Liebesnacht mit Arne und schließlich die heiße Liebesnacht mit Thomas, in der sie nach langer Zeit endlich einmal wieder Erfüllung fand.

Das alles passt doch überhaupt nicht zu mir und meinen Vorstellungen, dachte Simone und raufte sich deprimiert die Haare. Udos Schweigen belastete sie zusätzlich.

Simone hatte den Sex mit Thomas genossen. Ja, es hat Spaß gemacht! Und es war schön, so heftig begehrt zu werden. Schon seit langem wollte Thomas mehr von ihr, doch es war unvorstellbar für sie. Sie sah in ihm immer noch den Schulfreund, den Kumpel von damals. Ohne den Alkohol wäre es wohl kaum zu dem Liebesspiel gekommen.

Dann hörte sie den Eingang einer WhatsApp. Wie elektrisiert schreckte sie auf und hoffte inständig, dass Udo sich endlich gemeldet hatte.

Er war es! Simone fiel ein Stein vom Herzen.

Hallo meine Süße,

vermisst hast du mich sicherlich genauso wie ich dich. Die Verhandlungen haben sehr lange gedauert. Anschließend musste ich noch mit dem Kunden zum Abendessen. Zwei Tage hatte ich kein Internet und konnte keine WhatsApp schreiben. Ich denke viel an dich und schicke dir ganz viele Knutschis, natürlich überall hin...

Vergiss mich nicht!

Udo

Simone freute sich sehr über die so lang ersehnte Nachricht, doch ihr Gefühlsleben geriet dadurch noch mehr durcheinander. Blitzartig wurde ihr bewusst, dass ihr Wunsch nach Sex Udo gegolten hatte, und dass Thomas nur als Ersatzmann diente. Jetzt kann ich nichts mehr ändern, dachte sie und schrieb eine Nachricht an Udo.

Hallo Herzbube,

beruhigend für mich, dass du noch an die „Süße" gedacht hast. Also hat dir keine Engländerin den Kopf verdreht. Ich hatte schon ernsthaft Bedenken. Bei mir ist alles gut, ich bin in Lüneburg und in der Heide unterwegs.

Viele Küsse für dich

Simone

Die letzten Tage verliefen ruhig und ohne besondere Ereignisse. Auf der Rückfahrt nach Meldorf kaufte Simone in Hamburg einige Leckereien ein und machte einen kurzen Stopp bei ihrem Sohn Jörn in Norderstedt. Sie wollte wissen, wie es ihrer Schwiegertochter Dani in der Schwangerschaft ging.

„Alles in Ordnung bei dir und dem Nachwuchs, Dani? Ich mache mir Sorgen, dass du vielleicht wieder Probleme mit dem Magen oder etwas anderes hast", fragte Simone die junge Frau.

Doch Dani beruhigte sie:

„Nein, es ist alles in Ordnung. Das Kind entwickelt sich normal. Seine Herztöne habe ich auch schon gehört."

Simone war erleichtert: „Das höre ich gern, ich freue mich sehr auf mein nächstes Enkelkind."

Die Stimmung war gelöst und als Simone aufbrach, konnte sie auch Jörn begrüßen, der von der Arbeit nach Hause kam. Sie nahmen sich kurz in den Arm, aber dann wurde es Zeit für Simone, noch vor der Dunkelheit nach Hause zu fahren.

Nach ihrer Heimkehr räumte sie den Koffer aus und sah die Post durch. Dann fuhr sie den PC hoch, um nach dem Posteingang zu sehen. Es waren viele geschäftliche Sachen dabei, die sie in den nächsten Tagen bearbeiten musste.

Bei newlove hatte sich während ihrer Abwesenheit

auch etwas getan. Zwei Mails waren im Posteingang sowie einige Daumen. Bewusst hatte sie sich nicht in Lüneburg mit dem Portal beschäftigt. Sie wollte endlich einmal abschalten. Hinzukam, dass sie sich total auf Udo festgelegt hatte, obwohl diese Verbindung, wie ihr immer wieder schmerzhaft klar wurde, aussichtslos war.

Die erste Nachricht kam von einem Johann, 79 Jahre alt. Das geht gar nicht, dachte sie genervt. Den musst du vielleicht schon bald pflegen. Auf dem Foto sah er sogar noch fünf Jahre älter aus.

Bei ihrer Suche hatte sie die Altersgrenze mit 65 Jahren angegeben. Mit älteren Männern hatte sie schlechte Erfahrungen gemacht, es passte einfach nicht. Ausnahmen mochte es ja geben, doch bisher war ihr keine begegnet. Johann schrieb ihr:

Liebe Lalila,

ich bin Willi, wohne in Norddeich, habe ein schönes Haus. Die Frau ist vor zwei Jahren gestorben, und ich bin nun allein. Ich suche eine liebe Partnerin und du gefällst mir. Melde dich bitte.

Viele Grüße
Willi

Das hat mir gerade noch gefehlt. Willi lebt in Norddeich. Dieser Ort hat noch nicht einmal 500 Einwohner. Dort sagen sich Fuchs und Hase um 18 Uhr gute Nacht! Simone schrieb zurück:

Hallo Willi,

danke für deine Zeilen, doch aus uns wird wohl nichts werden. Ich arbeite noch und bin viel unterwegs. Das passt sicherlich nicht in dein Leben. Ich wünsche dir Glück!

Viele Grüße
Lalila

Die Herren, die ihr einen erhobenen Daumen geschickt hatten, konnten ihr Herz auch nicht erwärmen. Dreimal schickte sie einen zurück, ohne sich jedoch näher mit den Schreibern zu befassen. Ihr Hauptaugenmerk galt immer wieder Udo.

Die andere Mail kam von einem Werner, er nannte sich „Nurdu". In seinem Profil präsentierte er sich mit vier Fotos. Eins im Cabrio, eins unter Palmen, eins im dunklen Sakko, und das letzte zeigte ihn auf einer Ledercouch mit einem kleinen Hund auf dem Schoß. Er sah recht nett aus, für 64 Jahre auch gut erhalten. Er gab an, Beamter im Ruhestand' zu sein. Sehr groß war er allerdings nicht, aber immerhin vier Zentimeter größer als sie, las Simone bei seinen Angaben. Werner schrieb:

Hallo Lalila,

alles was ich auf deinem Profil sehe, gefällt mir. Ich würde dich gern zu einem Kaffee einladen, damit wir uns kennenlernen können. Schreib' mir bitte, ob das möglich ist.

Liebe Grüße
Werner

Simone überlegte: Unverbindlich mit ihm eine Tasse Kaffee trinken, warum nicht? Ich verliere ja nichts dabei. Vorsichtiger geworden, antwortete sie:

Hallo Werner,

danke für deine Nachricht. Wir können uns zu einer Tasse Kaffee treffen, sollten aber vielleicht vorher kurz miteinander telefonieren.

Liebe Grüße
Simone

Kaum hatte sie die Mail verschickt, kam eine Nachricht von Udo:

Hallo meine Schöne,
ich bin auf dem Rückweg, Schnuckelchen. Ab morgen können wir uns wieder intensiver miteinander beschäftigen.
Viele Küsse überall hin –
Udo

Hin- und hergerissen von ihren Gefühlen ging Simone im Wohnzimmer auf und ab. Sie dachte an Udo und ihre Gefühle für ihn. Obwohl sie sich noch nicht persönlich kannte, fühlte sie sich stark zu ihm hingezogen. Dabei war ihr die Ausweglosigkeit, was eine gemeinsame Zukunft anging, schmerzlich bewusst. Sie setzte sich wieder an den PC und sah, dass auch Werner inzwischen geschrieben hatte. Er schickte ihr seine Telefonnummer, und kurz entschlossen rief sie ihn an.

Werners Stimme klang recht sympathisch. Er erzählte von seinem Haus, in dem er allein wohnte, seit seine Frau vor drei Jahren gestorben war. Er war in seinem Berufsleben Verwaltungsbeamter im gehobenen Dienst bei der Landesregierung Mecklenburg Vorpommern. Das hörte sich doch alles recht gut an. Sie verabredeten sich für den nächsten

Tag um 17 Uhr im Café Annabella am Markt in Heide.

Simone brauchte diese Ablenkung. Trotzdem versprach sie sich nicht viel von diesem Treffen. Aber Kaffee trinken war ja ganz unverbindlich.

Schon waren ihre Gedanken wieder bei Udo.. Sie schrieb ihm zurück:

Hallo Herzbube,
komm gut heim. Auf die Intensität nach deiner Rückkehr freue ich mich. Aber bleib' anständig. Bei zwei Frauen ist ohnehin schon eine zu viel – lach...
Viele Knutschis
Simone

Am nächsten Tag fuhr sie gleich nach ihrer Arbeit nach Heide, parkte auf dem großen Marktplatz und betrat wenig später um 17 Uhr das Café Annabella. Sie erkannte Werner sofort, doch er war schon einige Jahre älter, als er angegeben hatte. Und als er dann vor ihr stand, stellte sie fest, dass er inzwischen auch erheblich geschrumpft war. Er war knapp so groß wie sie. Ein ungutes Gefühl beschlich Simone. Kommt noch mehr, was nicht der Wahrheit entspricht?

Auch äußerlich missfiel ihr an Werner einiges. Der Kragen an der beigefarbenen Lederjacke glänzte dunkel und speckig. Die Bauchpartie seines Hemdes zierten einige Fettflecken. Die Hände! Sie war geradezu angewidert: Kurze Wurstfinger mit schmutzigen, krallenartigen Fingernägeln. Der Mann war total ungepflegt. Nein, nein, das geht gar nicht. Doch nun war es zu spät. Sie war hier und musste da durch.

Also begrüßte Simone ihn höflich, und sie setzten sich an den Tisch, wo er auf sie gewartet hatte. Bei Kaffee und Kuchen erzählte Werner von seinem Hund, der ihm half, sich nicht so einsam zu fühlen. Simone hörte schweigend zu. Sie hatte das untrügliche Gefühl, dass sie einen Abkömmling des Lügenbarons Münchhausen vor sich hatte. Geschicktes Hinterfragen ihrerseits brachte es dann an den Tag:

Das große Haus war eine Mietwohnung in Elmshorn. Beamter war er nur im mittleren Dienst gewesen. Das Volvo Cabrio war einem Opel Astra gewichen. Der gute Werner zählte nicht 64 Lenze, sondern hat die siebzig schon um ein paar Jährchen überschritten. „Warum bist du nicht bei der Wahrheit geblieben, Werner? Warum lügst du?", wollte sie von ihm wissen.

Keineswegs verlegen, sondern keck antwortete er: „Das ist doch normal, alle lügen doch."
Simone war fassungslos: „Sorry, dafür habe ich kein

Verständnis! So kann man keine Beziehung aufbauen. Such' du ruhig weiter. Es soll ja Frauen geben, die fahren auch auf so etwas ab!"

Sie stand auf, legte sieben Euro für ihr Gedeck auf den Tisch, wünschte ihm Glück und ging.

Simone stieg rasch in ihr Auto und fuhr sofort los. Nur weg von hier. Zuhause angekommen, ruhte sie sich etwas aus. Von diesem Fiasko musste sie erst einmal ablenken.

Da meldete sich ihr Handy mit einem Bing!

Juchhu Schnuckelchen,
ich bin wieder hier. Wie geht es dir? Ich bin voller Tatendrang, würde jetzt gern deine Bluse aufknöpfen. Meine Finger sind da sehr geschickt.
Viele Küssssssssssssse überall hin
Udo

Simone lachte und das unangenehme Erlebnis mit Werner trat in den Hintergrund. Sicher war Udo verheiratet und wollte dies nicht ändern. Für ihn sprach seine Ehrlichkeit, auch wenn ihr die damit verbundene Realität nicht gefiel. Freudig schrieb sie ihm zurück:

Mein lieber Herzbube,
ich freue mich über deine Rückkehr, denn ich habe

dich wirklich vermisst. Doch Bluse aufknöpfen,
darüber müssen wir noch einmal reden. Lach...
Viele Schmatzer
Simone

Beflügelt ging Simone in die Küche, um dort aufzuräumen. Dabei summte sie gut gelaunt einen ihrer Lieblingssongs ‚Moonlight Shadow' vor sich hin.

Ihr war klar, dass es so langsam Zeit wurde, sich mit Udo zu treffen. Auch wenn es sehr prickelnd war, ihm zu schreiben, reichte das nicht mehr. Wenn die nächste Nachricht von Udo kommt, erkläre ich ihm, dass jetzt ein Treffen fällig ist, nahm sie sich vor. Dabei beschlich sie eine Ahnung, dass Udo sich davor drückte. Hatte er Angst? Vor sich selbst oder vor ihr? Diese Gedanken ließen sie nicht mehr los. Also so schnell wie möglich den Stier bei den Hörnern packen und ihn festnageln. Das wollte sie versuchen.

Auf eine Nachricht von Udo musste sie auch nicht lange warten. Kaum saß sie an ihrem Schreibtisch, da meldete sich das Handy mit einer WhatsApp Nachricht. Wie erwartet, war es ihr Herzbube:

Hallo Herzilein,
in Gedanken bin ich viel bei dir. Möchte mit dir

tanzen, kuscheln und ganz verrückte Dinge tun. Du
kannst so schön verdrehen, mein Kopf sitzt jetzt in
falscher Richtung auf dem Rumpf.
Viele dicke Knutschis
Udo

Diese nette und direkte Nachricht ließen ihre
Hormone Achterbahn fahren. Na warte Udo, jetzt ist
Schluss mit halben Sachen. Nun wollen wir aufs
Ganze gehen. Mal sehen, was du einem Treffen
entgegensetzen wirst. Simone nahm ihr Handy und
schrieb ihm:

Lieber Herzbube,
wie immer habe ich deine Zeilen verschlungen. Sie
sind mir unter die Haut gegangen. Denkst du nicht,
dass es langsam Zeit wird, ein Treffen zu
vereinbaren. Oder kneifst du vielleicht?
Dicke Knutschis
Simone

Nun war sie sehr gespannt auf seine Reaktion. Was
wird er dazu wohl sagen? Meinte er es ernst, oder
war es einfach nur Spaß für ihn? Zwar sah sie öfter
bei newlove nach, was dort passierte, doch es
geschah nur halbherzig. Sie hatte sich total auf
diesen einen Mann konzentriert und wartete ab, was

er sagen würde.

Die Antwort von Udo kam nicht ganz so schnell wie seine vorherigen Nachrichten. Doch sie kam:

Mausilein,
du hast ja Recht. Ich bin hin- und hergerissen. Einerseits möchte ich dich gern sehen, andererseits denke ich, dass du mir gefährlich werden kannst. Trennen kann ich mich nicht von meiner Frau, da hängt zu viel dran. Ich möchte dich aber auch nicht verletzen oder gar verlieren. Meine Worte sind ehrlich. Du übst eine wahnsinnige Anziehungskraft auf mich aus.
Sollen wir es wirklich angehen lassen? In Gedanken mache ich immer wieder viele verrückte Dinge mit dir.
Kuuuuuusssssssssss
Udo

Simones Gefühlswelt schwankte bedrohlich. Sie überdachte die ganze vertrackte Situation und kam zu dem Schluss, von Udo das zu nehmen, was sie bekommen konnte. Für einen Rückzieher war es zu spät für sie.

Es wird nur ein Affäre werden, war das Ergebnis ihrer Überlegungen. Auch gut, denn der Altersunterschied von 17 Jahren war eine Tatsache, die ohnehin irgendwann zu einem Problem werden würde. Simone versuchte, sich selbst gegenüber absolut ehrlich zu sein.

Lieber Herzbube,
da die Anziehungskraft bei uns beiden offensichtlich groß ist, sollten wir es wagen. Der ganzen Problematik bin ich mir bewusst, doch ich bin bereit, auch mal verrückte Dinge zu tun. Da du ja die Wochenenden bei deiner Familie verbringst, bleiben uns nur vier Tage in der Woche. Mach' uns einen Vorschlag!
Kuuuuuuuuuuusssss
Simone

War ihre Entscheidung wirklich richtig, ging es ihr durch den Kopf? Sie musste sich ablenken. Deshalb ging sie zum Telefon und rief Babsi an.

„Hallo Simone, lange nichts von dir gehört. Was machen die Männer?", kam es lachend von Babsi, die fast immer gut drauf war.

„Hör bloß auf", gab Simone zurück. Sie zog die Stirn in Falten und schüttelte resigniert den Kopf.

„Warum so negativ?", wollte Babsi wissen.

„Na, zuerst habe ich Arne bei EDEKA getroffen und anschließend mit ihm Kaffee getrunken. Er wollte es noch einmal mit mir probieren, was ich jedoch dankend abgelehnt habe."

Babsi kicherte nur.

„Dann war ich einige Tage in Lüneburg, habe dort einen Jugendfreund getroffen. Mit dem hat das geklappt, was mit Arne nicht ging... Eigentlich wollte ich das nicht, denn ich konzentriere mich derzeit auf einen anderen Mann. Leider steht diese Verbindung nicht unter einem guten Stern."

Neugierig wie immer, wollte Babsi natürlich mehr wissen. Simone erzählte ihr alles, denn sie hatte das Bedürfnis mit ihrer Freundin darüber zu sprechen, obwohl sie Babsis Reaktion eigentlich vorhersagen konnte.

Sie äußerte dann auf ihre ganz eigene Babsi-Art:

„Wenn es auch nicht das ist, was du suchst, nimm es mit! Bestimmt wird es mit diesem Mann richtig prickelnd. Dass er jünger ist als du, ist doch auch kein Problem. Besser 17 Jahre jünger, als 17 Jahre älter. Mit Älteren kann man doch nur noch auf dem Teppich mit Murmeln spielen. Du müsstest ein offenes Ohr für seine Wehwehchen haben und dir anhören, was er früher alles geleistet hat. Willst du das?"

„Nein, absolut nicht", lachte Simone, die sich schon viel besser fühlte.

„Also los. Worauf wartet du noch? Leg' los und schnapp' dir ihn", forderte Babsi ihre Freundin auf.

Simone berichtete ihr dann noch von dem Erlebnis mit Werner. Babsi Kommentar fiel kurz aus: „Vollpfosten!"

Nach diesem Gespräch zweifelte Simone nicht mehr, sondern wusste nun, was sie wollte.

Wieder kam eine Nachricht von Udo.

Hallo Mausilein,
morgen bis Montag fahre ich erst einmal zu meiner Familie. Melde mich, wenn ich nicht unter Beobachtung stehe. Wie wäre es mit einem Treffen am Dienstag oder Mittwoch? Willst du zu mir kommen, oder darf ich dich in Meldorf besuchen? Ich kann es kaum erwarten, dich zu sehen, und stelle mir schon die verrücktesten Dinge mit dir vor.
Ciao und Knutschis
Udo

Jetzt wird es ernst, dachte Simone. Wie werde ich reagieren, wenn wir uns endlich gegenüberstehen? Wie werden wir mit unserer aufgestauten Leidenschaft umgehen? Das schwirrte ihr alles durch den Kopf. Man musste eben abwarten, doch sie hatte ein gutes Gefühl. Sie dachte über den Treffpunkt nach und entschied, dass Udo zu ihr kommen sollte. Ihr Haus und der Eingang waren etwas abgelegen. Von der Straße aus konnte man nicht gleich sehen, ob ein fremdes Auto vor der Tür stand. Wenn die Rollläden dann geschlossen waren, fiel es noch weniger auf.

Was mache ich mir eigentlich für Gedanken, schimpfte sie mit sich selbst. Ich kann doch machen, was ich will. Ob die neugierigen Nachbarn dann tratschen? Egal, dann sollen sie das eben tun!

Sie nahm ihr Handy und beantwortete Udos Nachricht.

Lieber Herzensbrecher,

es ist kein Problem für mich, zu dir nach Rendsburg zu kommen. Mein Vorschlag ist aber, komm' du doch bitte zu mir nach Meldorf. Ich werde auch gern einen kleinen Imbiss vorbereiten. Den einen oder anderen leckeren Happen kannst du bestimmt vertragen. Was denkst du, wann du bei mir sein kannst?

Viele Küüüüsssse

Simone

Seine Antwort kam umgehend.

Hallo meine Süße,

die Idee zu dir zu kommen, finde ich gut. Da ich etwa bis 17 Uhr arbeite, dann noch einmal kurz in meine Wohnung will, gehe ich davon aus, dass ich um 19:30 Uhr bei dir eintreffe. Aber mach' dir bitte nicht so viel Mühe mit dem Essen, denn mein Hunger ist von anderer Art - lach lach... Da ich große Sehnsucht nach dir habe, werde ich am Dienstag zu dir kommen. Ich melde mich kurz, du weißt ja, am Wochenende stehe ich immer unter Observation.

Sei umarmt und geknutscht
Udo

So ein Wochenende kann sehr lang sein, wenn man weiß, dass sich in der nächsten Woche etwas in seinem Leben ändern wird. Es wird sich wohl etwas verändern, wie auch immer. Udo war dagegen im Vorteil, denn er war bei seiner Familie, die für Ablenkung sorgte. Seine Kinder bereiteten ihm viel Freude. Und mit der Gleich-gültigkeit seiner Frau ihm gegenüber musste er leben.

Am Samstag sehr spät kam eine kurze Nachricht von ihm.

Meine Süße,
Bin auf dem Weg ins Bett und würde dich gern an meine Seite zaubern. Denke viel an dich - hier kommt
ein dicker Kuuussss
Udo

Schnell schrieb Simone zurück:

Mein liebster Unanständiger,
leider kann ich nicht zaubern, daher muss ich
bedauerlicherweise allein im Bett liegen. Schade, an
deiner Seite kann ich es mir sooo schön vorstellen.
Ein dicker Schmatz
Simone

Es nützt einfach nichts, du musst bis Dienstag
warten, mit diesem Gedanken ging sie ins Bett.
Simone schlief unruhig in dieser Nacht. Immer
wieder wachte sie auf und um acht Uhr morgens
verließ sie total erschlagen das Bett. Während sie
duschte sagte sie sich: So geht es nicht! Du musst
heute etwas unternehmen, sonst fällt dir die Decke
auf den Kopf. Doch was?
Erst einmal frühstücken. Dann wollte Simone Babsi
anrufen, vielleicht war sie ja auch allein.
Sie hatte Glück, Babsi hatte nichts vor. Um 11 Uhr
trafen sie sich bei Käpt'n Hook in Büsum. Bei einer
Tasse Kaffee unterhielten die beiden Freundinnen
sich angeregt, doch immer wieder kam die Sprache
auf Udo.
Babsi stoppte Simone mit den Worten: „Warte doch
einfach ab. Du machst dich viel zu sehr verrückt."
Simone räumte ein: „Ich weiß, doch es fällt mir

einfach schwer abzuschalten. Komm' lass' uns zahlen und ein wenig an der frischen Luft laufen."

Die Sonne schien und es war nicht zu windig - also ideal, um am Strand spazieren zu gehen. Simone sah gern auf die plätschernden Wellen, wenn die Flut einsetzte. Gut gelaunt liefen die beiden Frauen bis zur Lagune. Zurück ging es durch den Kurpark in Richtung Fußgängerzone. Ein Spaziergang am Wasser und in der frischen Luft macht hungrig, daher kehrten die beiden Freundinnen in ein Fischrestaurant ein.

Um 18 Uhr verabschiedete Babsi sich. Simone freute sich, dass der Tag für sie so angenehm verlaufen war. Die Gespräche mit ihrer Freundin hatten ihr wirklich gut getan. Jetzt konnte sie sich seelisch viel ruhiger auf die Begegnung mit Udo vorbereiten.

Als sie wieder zu Hause war, kam eine kurze Nachricht von Udo.

Mäuselein,
wir müssen jetzt schneller schlafen, bald ist es so weit. In Gedanken küsse und drücke ich dich.
Udo

Schnell schrieb sie zurück:
Mein Liebster,
in Gedanken ist es zwar schön, doch es fehlt etwas...

Auch ich drücke und küsse dich.
Simone.

Der Montag verging sehr schnell, abends schickte Udo noch eine Nachricht. Sie spürte förmlich seine Nervosität, denn er fieberte dem Treffen ebenso entgegen wie sie. Wie wird es werden? Diese Frage stellte sie sich immer wieder. Mit dem Gedanken „morgen ist es soweit" schlief sie abends ein.

Am Dienstag erledigte sie geschäftlich nur die Arbeiten, die unbedingt notwendig waren und fuhr dann nach Hause.

Simone bereitete eine kleine Fischplatte als Liebesmahl vor. Lachsröllchen, Krabbensalat und verschiedene Räucherfischfilets richtete sie auf grünen Salatblättern an. Das sah doch lecker aus. Es wird ihm bestimmt schmecken, dachte sie.

Danach ging Simone ins Bad, duschte ausgiebig und machte sich für den so sehnsüchtig erwarteten Besuch fertig. Ein letzter Blick in den Spiegel – es passte. Ihre Blicke schweiften nochmals durch die Wohnung. Sie war zufrieden.

Da kam auch schon die Nachricht von Udo, dass er in zehn Minuten eintreffen würde. Schnell ließ Simone die Rollläden herunter. Gerade war sie damit fertig, als die Klingel anschlug.

Mit beschleunigtem Puls öffnete sie die Tür. Da

stand er endlich vor ihr - der Mann der ständig ihre Gedanken beherrschte. Udo sah genauso aus wie auf den Fotos, die sie von ihm kannte. Ja, er gefiel ihr!

Er sagte: „Hallo", dann nahm er sie wie selbstverständlich in den Arm und küsste sie zärtlich und leidenschaftlich zugleich. Seine Lippen lagen fordernd auf ihren, und seine Zunge suchte sich vorwitzig den richtigen Weg. Es dauerte einige Zeit, bis sie sich wieder von einander lösten.

„Komm rein!", forderte sie ihn auf. Er sah sich kurz um und sagte beifällig: „Schön hast du es hier. Gemütlich", und folgte Simone zum Esstisch, der bereits gedeckt war.

„Wein, oder Bier zum Essen, was möchtest du, Udo?" Zu ihrer Freude entschied er sich für Weißwein und sie einigten sich auf einen Württemberger Silvaner.

„Jetzt bist du hier", stellte Simone etwas verlegen fest.

„Eigentlich ist es nicht meine Art, mich mit verheirateten Männern zu verabreden. Aber von dir geht etwas aus, was mich so fasziniert, dass ich gar nicht anders konnte!"

„Mach' dir keine Gedanken, Simone. Es musste einfach so kommen. Meine Ehe funktioniert schon lange nicht mehr richtig. Wenn du nicht meinen Weg gekreuzt hättest, wäre es vielleicht eine andere Frau gewesen."

„Das sagen die Männer doch immer", kommentierte Simone.

„Nein, so ist es nicht. Wenn ich am Wochenende nach Hause komme, habe ich das Gefühl, ein Fremdkörper in der Familie zu sein. Wir machen zwar mit den Kindern manchmal etwas gemeinsam und fahren einmal im Jahr zusammen in den Urlaub. Aber die meiste Zeit unternehmen wir getrennt von einander etwas. Sicher hat unsere erzwungene Wochenendehe, die wir seit 15 Jahren führen, zu der derzeitigen Situation beigetragen. Aber meiner Frau scheint es zu gefallen."

Da Simone zwei gescheiterte Ehen hinter sich hatte, konnte sie ihn verstehen. Allerdings hatte sie, als die Ehe nicht mehr zu retten war, die Konsequenzen gezogen. Es war hart, aber sie hatte es geschafft.

Da das Gespräch ins Stocken geriet, nutzte Simone die Gelegenheit und räumte den Tisch ab. Wie selbstverständlich nahm Udo die Weingläser und stellte sie auf den Couchtisch. Die angebrochene Flasche Wein stellte er daneben und nahm Platz.

Als Simone aus der Küche kam, setzte sie sich neben ihn. Er hatte nur darauf gewartet und sah sie an. Simone konnte in seinen Augen die ungezügelte Leidenschaft erkennen, die sie vibrieren ließ. Er zog sie an sich, atmete tief ihren Duft ein, bedeckte ihr

Gesicht und den Hals mit kleinen Küssen. Dann suchten seine Lippen ihren Mund und er küsste sie voller Leidenschaft.

Simone ließ sich fallen und von seiner Leidenschaft mitreißen. Es war wie ein Rausch. Seine Hände gingen auf die Suche, während er sie weiter küsste. Als sie bei ihren Brüsten angekommen waren, stöhnte er kurz auf. Der Stoff, der sie bedeckte störte ihn, er schob ihr das Shirt über den Kopf und geschickt befreite er sie von dem BH. Er knetete ihre Brüste, spielte mit den Brustwarzen und saugte daran.

Simones atmete schwer, dann ging sie mit ihren Händen bei ihm auf Wanderschaft. Ungeduldig öffnete sie die Knöpfe an seinem Hemd, um seine nackte, warme Haut zu spüren.

Während seine rechte Hand sie sanft streichelte, zog Udo ihr ungeduldig mit der linken Hand Hose und Slip aus. Den Weg zum Venushügel und ihrer Lustzone hatte er schnell gefunden und entfachte ein nie gekanntes Feuer in ihr.

Simone wand sich genussvoll in seinen Armen und beschäftigte sich dabei zielstrebig mit dem Reißverschluss seiner Hose. Sie spürte sein pralles Glied darunter. Schnell war das Hindernis beseitigt. Ihre nackten Körper klebten aneinander, sie verschafften sich gegenseitig höchste Lust. Dann vorsichtig aber kraftvoll drang er in sie ein. Udo bewegte sich rhythmisch in ihr, bis Simone kleine Schreie ausstieß und ihr Körper von einem heftigen Orgasmus geschüttelt wurde.

Udo hielt inne und gönnte ihr eine kleine Pause. Sie dauerte nicht lange. Bald stimulierten sie sich gegenseitig und er drang erneut in sie ein, bis ein gemeinsamer Orgasmus ihnen die Sinne raubte.

Herrlich ermattet, glücklich und zufrieden lagen sie aneinander gekuschelt auf der engen Couch. Bei dem Liebesakt hatten sich ihre aufgestauten Gefühle entladen, wobei es noch viel schöner war, als Simone es sich vorgestellt hatte. Noch nie hatte sie die Liebe so intensiv erlebt.

Doch der schreckliche Gedanke, dass dieses Glück nur vorübergehend sein würde, beherrschte wieder ihr Denken. Udos familiäre Bindung würde eine gemeinsame Zukunft verhindern. Simone sah ihn an und glaubte die Bestätigung in seinem wehmütigen Blick zu sehen.

Eine Stunde später war der Abschied gekommen, weil Udo am nächsten Morgen um 7.30 Uhr wieder an seinem Schreibtisch sitzen musste. Traurig nahmen sie Abschied, planten aber ein Wiedersehen in der nächsten Woche. Simone machte den Vorschlag, dass sie nach Rendsburg fahren könnte, denn bei ihr kommt es nicht so genau darauf an, wie sie die Kundentermine bearbeitet. Wichtig ist der Erfolg und den hatte sie.

Nach dem Abschied setzte Simone sich wieder ins Wohnzimmer und schaltete den Fernseher ein, um sich abzulenken. Der heutige Abend war für sie wie ein Erdbeben gewesen. Oh wie hatte sie alles genossen. In jungen Jahren gehört der Sex zum Alltag, weil er ein normaler Bestandteil in einer funktionierenden Partnerschaft war. Man dachte auch nicht lange darüber nach, es war eben so.

Heute hatte sie es ganz anders gespürt. Ihr Körper, ihre Sinne und ihr Geist hatten in einer Intensität reagiert, die ihr in jungen Jahren nicht bewusst gewesen war.

Wenn man 20 oder 30 Jahre alt ist, kann man sich nicht vorstellen, dass Menschen über 60 ebenfalls noch lustvoll die körperliche Liebe genießen und sich gegenseitig so glücklich machen können. Bei den eigenen Eltern geht das schon gar nicht. Simone verstand diese jungen Leute gut, denn diese Meinung hatte sie früher auch gehabt. Mit Jörn, ihrem Sohn, zu dem sie eine starke Bindung hatte, sprach einmal über dieses Thema. Er hörte es sich an und akzeptierte es ohne Einwände. Seine Reaktion war nur: „Mhm mhm."

„Verflixt", rief Simone aus, „muss man erst so alt werden, um die Liebe so intensiv zu erleben?"

Sicher, es kam auch auf den Partner an. Udo war besonders zärtlich und einfühlsam. Deshalb konnte Simone überhaupt nicht verstehen, dass seine Frau die körperliche Liebe mit ihm ablehnte und immer Müdigkeit vorschützte. Dabei warf sie ihrem Mann vor, sexsüchtig zu sein. Ihrer Meinung nach ist ein Mann, der seine Frau mehr als zweimal im Monat lieben möchte, sexsüchtig.

Doch dies soll nicht meine Sorge sein, dachte Simone, außerdem kenne ich die Gründe dieser Frau nicht. Vielleicht hat sie einen Liebhaber? Das schloss Udo aus, allein schon wegen der Kinder. Denn den Jugendlichen im Alter von 13 und 17 Jahren wäre es wohl nicht entgangen, wenn die Mutter sich einen Freund angeschafft hätte. Häufig sind es ja auch nur die Wechseljahre, die der Frau die Lust nehmen. Mit diesen Gedanken schloss sie das Thema Udo erst einmal ab, ging ins Bett und schlief sofort ein.

Simone wachte auf, hatte gut geschlafen und griff gleich nach ihrem Handy, das wie immer auf dem Nachttisch lag.

„Was, keine Nachricht von Udo", rief sie bestürzt. Gleich nach seiner Ankunft in Rendsburg wollte er eine WhatsApp schicken. Das passte doch gar nicht zu ihm. Simone wurde unruhig. Das kann doch nicht sein, warum hat er sich nicht gemeldet? Sie konnte sich keinen Reim darauf machen.

Dann überlegte sie: Oder wollte er nur mir schlafen? Seine Lust ausleben? Sollte sie sich so getäuscht haben? Aber wenn es so wäre, hätte er ihr doch nicht so viel von seinen Problemen und seinem Lebens erzählt. Er wird sich bestimmt melden, wer weiß, warum er es noch nicht getan hat? Sie beschloss, sich nicht verrückt zu machen. Udo würde sich bestimmt noch melden. So sehr konnte sie sich doch nicht in ihm getäuscht haben oder?

Simone hatte auch keine Zeit mehr zum Grübeln, denn die Pflicht rief. Sie wollte nur noch schnell einen Versuch machen und schickte ihm eine WhatsApp. Dann wird er hoffentlich reagieren", sagte sie sich. Sie schrieb:

Hallo Udo,
was ist los? Ist alles in Ordnung? Warum meldest du dich nicht? Ich mache mir Sorgen, bitte melde dich.
Kuss Simone

Als sie tagsüber unterwegs war, sah sie immer wieder auf ihr Handy, ob eine Nachricht gekommen war. Doch da war nichts. Ihre Stimmung wechselte zwischen Angst, Wut und Zweifeln.

Oh, oh, in was bin ich da wieder hineingeraten? dachte sie wehmütig.

Als am Abend immer noch keine Nachricht von Udo

gekommen war, loggte sie sich wieder bei newlove.de ein. Simone war sich zwar bewusst, dass dies keine Lösung für sie war, doch es lenkte sie ab. Grübeln brachte sie nicht weiter, hier kam sie wenigstens auf andere Gedanken.

Bei newlove hatte sich einiges getan. Man hat mich wohl vermisst, stellte sie schmunzelnd fest. In ihrer Abwesenheit waren viele Besucher auf ihrem Profil gewesen, einige Daumen und zwei Nachrichten hatte sie bekommen.

Zuerst las sie die Nachrichten. Ihr treuer Daumenfreund Robert „Wolle" hatte ihr geschrieben.

Hallo Simone,

bist du krank? Man sieht und hört nichts mehr von dir. Ich vermisse deine erfrischenden Nachrichten. Melde dich mal.

Liebe Grüße
Robert

Diese Nachricht tut mir gut, freute sich Simone und ein Lächeln huschte über ihr Gesicht. Ich werde ihm gleich antworten, doch erst will ich noch den anderen Text lesen.

Der kam von einem Samson. Bevor ich die

Nachricht lese, werde ich mir sein Profil ansehen, überlegte Simone.

Samson war 60 Jahre alt, 179 cm groß, schlank, trieb regelmäßig Sport, vor allem Fußball, und war unternehmungslustig. Auch mit diesen Hobbys konnte sie leben. Auf dem Foto sah sie, dass er blond war und blaue Augen hatte. Er war im öffentlichen Dienst tätig. Samson schrieb:

Hallo Simone,

du gefällst mir. Ich habe Interesse an einem Kennenlernen. Bitte melde dich.

Liebe Grüße
Samuel

Sehr aussagekräftig waren seine Zeilen ja nicht gerade, stellte Simone fest. Aber ich werde ihm schreiben, mal sehen, was er sonst zu bieten hat. Doch erst werde ich Robert schreiben.

Hallo Robert,

ich freue mich über deine Nachricht. Krank bin ich nicht, jedoch habe ich so einige Probleme, also so ganz erfrischend ist meine Nachricht diesmal nicht. Sicherlich kommen bald wieder bessere Zeiten.

Herzliche Grüße
Simone

Dann überlegte sie sich den Text für Samuel und schrieb:

Hallo Samuel,

danke für dein Interesse. Wie stellst du dir ein Kennenlernen vor? Bis bald.

Viele Grüße
Simone

Wieder dachte sie an Udo. Frustriert loggte sie sich bei newlove aus. Natürlich war ihr bewusst, dass der Kontakt mit Udo nie auf eine feste Beziehung hinauslaufen würde, doch von einer Affäre war sie ausgegangen.

Damit hätte ich mich sogar begnügt, hing sie ihren Gedanken nach. Was in ein paar Monaten sein würde, müsste man dann sehen. Hat seine Frau vielleicht durch einen Zufall etwas bemerkt? Aber das konnte sie sich auch nicht vorstellen. Denn sie wohnte mit den Kindern etwa 400 km entfernt. Kaum denkbar, dass sie sich ins Auto setzt, um ihren Mann in Rendsburg zu kontrollieren.

Vielleicht wäre es doch ganz gut, wenn ich mich mit einem anderen Mann treffe, dann habe ich etwas Abstand, sinnierte sie. Nur jetzt war erst einmal bis zum Wochenende Pause bei newlove.

Simone war einfach angeschlagen und spürte das massiv. Vielleicht meldete Udo sich ja noch und klärte alles auf. Mit dieser Hoffnung lebte sie. Allerdings fühlte sie auch Wut in sich aufsteigen, wenn sie daran dachte, dass er sie vielleicht nur benutzt hatte. Benutzt?

Nein, dass konnte sie eigentlich nicht sagen, denn er hatte sie mit seiner ganzen Zärtlichkeit verwöhnt. Sie hatte es so sehr genossen. Oder kann es sein, dass sie das Objekt einer einmaliger Begierde war? Aber auch das konnte sie nicht glauben, obwohl sein Schweigen doch eigentlich für sich sprach. Oder?

Am nächsten Tag hatte sie in Hamburg Termine. Simone war gern in dieser Stadt. Nach den Kundenbesuchen ging sie shoppen und streifte durch die verschiedenen Einkaufspassagen, was ihr guttat. Meist erstand etwas Schickes für sich oder ein Stück für eins ihrer Enkelkinder.

Oh, das wäre doch etwas für Jannick, dachte sie vor

einer Kinderboutique. Er ist der Sohn ihrer Tochter Bella. Im Geschäft ließ sie sich die Jeans zeigen, die sie im Fenster gesehen hatte. Sie war nicht ganz billig, aber Simone wollte sie kaufen. Besonders gefiel ihr, dass die Taschen mit einem blau-weiß karierten Stoff eingefasst waren. Sie kaufte auch noch eine bunte, mit hübschen Kindermotiven bedruckte Patchworkdecke für das Baby, das ihre Schwiegertochter Dani erwartete.

Dann schoss ihr blitzartig durch den Kopf: Bei dieser Gelegenheit könnte ich doch in Norderstedt bei Jörn und Dani vorbeifahren. Sofort nahm sie ihr Handy aus der Tasche und rief an. Jörn war am Telefon, was um diese Zeit eher ungewöhnlich war.

„Was machst du denn schon zu Hause, Jörn?", fragte Simone.

„Ich habe heute einen Teil meiner vielen Überstunden abgebummelt", erwiderte ihr Sohn.

„Ich bin in Hamburg. Kann ich bei euch vorbeikommen?", wollte Simone wissen.

„Klar, Mutter, wir freuen uns. Hast du schon etwas gegessen?" Simone verneinte.

„Also dann kochen wir und essen zusammen", ließ Jörn sie wissen.

„Prima, bis bald!", verabschiedete Simone sich.

Simone holte ihr Auto aus dem Parkhaus und machte sich auf den Weg nach Norderstedt.

Der Feierabendverkehr hatte leider schon begonnen. Deshalb brauchte sie für die Strecke aus der Innenstadt über eine Stunde. Die Vorfreude auf Sohn und Schwie-gertochter war jedoch größer, als der Ärger über die Blechlawine, in der sie steckte.

Endlich angekommen empfing Jörn sie an der Tür: „Mutter, wo hast du denn so lange gesteckt?"

Simone umarmte ihn und lachte. „Du kannst fragen, bist du noch nie um diese Tageszeit mit dem Auto unterwegs gewesen?"

Inzwischen kam auch Dani und begrüßte Simone herzlich mit den Worten: „Hallo Schwiegermutter!".

Simone überreichte den beiden die bunte Patchworkdecke, die sie erstanden hatte mit den Worten:

„Damit euer Baby immer gut liegt oder zugedeckt wird." Dani und Jörn freuten sich, denn Simone hatte genau ihren Geschmack getroffen.

„Wunderschön ist die Decke", rief Dani aus, während Jörn seine Mutter liebevoll schmunzelnd in den Arm nahm.

Jörn und Dani hatten Roastbeef mit Remoulade, Baguette und Salat vorbereitet. Beim Essen unterhielten sie sich angeregt. Die Stimmung war locker, doch Jörn fiel auf, dass die Fröhlichkeit seiner Mutter etwas aufgesetzt war. Was ist nur mit ihr?, dachte er besorgt.

„Mutter du siehst nicht gut aus. Was ist los, hast du Kummer?". Simone fühlte sich ertappt, wollte jedoch nicht über ihr Seelenleben und den vermeintlichen Reinfall bei der Partnersuche sprechen. Nicht weil sie Geheimnisse vor ihnen hatte, denn das Verhältnis zu ihren Kindern war tolerant und recht offen.

Die beiden würden sich für sie freuen, wenn sie einen Partner gefunden hätte, mit dem sie sich versteht. Sie wussten auch, dass es nicht ganz einfach war. Simone war eben etwas anders als andere Frauen in ihrem Alter.

Simone ist nicht nur selbständig und zäh, sie ist auch nicht auf den Mund gefallen und sie weiß, was sie will. Sie hat ein forsches Auftreten, hinzukommt ihre Schlagfertigkeit und Spontanität. Nicht alle Menschen können damit umgehen. Aber ihre Kinder und die engsten Freunde kennen auch ihre liebevolle, sanfte Seite.

Simone hatte ein Helfersyndrom, und wer dies wusste, konnte sie ausnutzen. Doch es war brandgefährlich, denn wenn sie das bemerkte, schlug es ins Gegenteil um. Dann macht Simone dicht.

Nach dem guten Essen und zwei angenehmen Stunden mit der Familie brach Simone auf. Sie bedankte sich und verabschiedete sich herzlich von Dani. Jörn brachte sie zu ihrem Auto, nahm sie fest in den Arm und lächelte sie liebevoll an:

„Erhole dich Mutter. Du wirkst gestresst und bist auch sehr blass. Nutze das Wochenende, um dich zu erholen.Willst du mir nicht sagen, was mit dir los ist?" Doch Simone schwieg.

Nachdenklich fuhr sie nach Meldorf. Es machte sie unsicher, dass man ihr die Probleme ansah. Normalerweise hatte sie sich doch im Griff.

„Verdammt", rief sie aus, „eigentlich wolltest du doch nur ein wenig glücklich sein und jetzt hängst du total in den Seilen."

Als Simone am Freitagabend ihre beruflichen Pflichten erledigt hatte, war sie neugierig, wie es bei newlove aussah.

Heute breche ich nicht ab, sondern sehe mir alle Kontakte an, dachte sie. Ihre Gedanken schweiften kurz zu Udo. Sie hatte immer noch nicht mit ihm abgeschlossen und befand sich daher weiterhin in einem Wechselbad der Gefühle. Schalte doch endlich ab, riet sie sich selbst.

Simone loggte sich bei newlove ein. Oh, Robert hatte ihr geschrieben, freute sie sich.

Hallo Simone,

das hört sich nicht gut an, was du schreibst. Gern würde ich dich ein wenig aufmuntern, was die Entfernung zwischen uns jedoch nicht zulässt. Wo bleibt dein Humor? Kopf hoch, es wird alles wieder gut!

Liebe Grüße
Robert

Samuel war online und hatte ebenfalls geschrieben. Mal sehen, wie er sich unser Kennenlernen vorstellt, fragte sie sich schmunzelnd. Sie las die Nachricht:

Hallo Simone,

gern würde ich mich mit dir in Itzehoe in einem Café treffen, doch mein Gipsbein hindert mich daran. Vor 14 Tagen habe ich mir den rechten Unterschenkel gebrochen. Autofahren klappt natürlich nicht. Ich lade dich zu einem Kaffee bei mir ein und hoffe, dass du kommst.

Liebe Grüße
Samuel

Warum sollte sie nicht bei ihm Kaffee trinken? Wenn es gefährlich wird, kann ich schneller laufen als er mit seinem Gipsbein, dachte Simone. Also schrieb sie ihm und fragte, wann sie kommen sollte. Samuel erkundigte sich höflich, ob Sonntag 14 Uhr angenehm für sie wäre und schickte gleich die Adresse mit. Da sie nichts weiter vorhatte, sagte sie zu. Hanerau-Hademarschen war nicht weit. Mit dem Auto schaffte sie die 35 km in einer halben Stunde.

Einige andere Herren hatten ihr Profil besucht, doch es war keiner dabei, der ihr Interesse weckte.

Bei den eingegangenen Daumen gefiel ihr Friese 11 recht gut. Er war ein Mann von 57 Jahren bei einer Größe von 182 cm. Friese 11 stellte sich so vor:

„Schwerenöter zum Lieben und Lachen sucht passendes Gegenstück."

Seine Interessen waren Sport, die See, Lesen und die Natur.

Das hört sich ja recht gut an, dachte Simone. Und er sah attraktiv aus, stellte sie fest. Dunkelblonde Haare, graublaue Augen und ein offenes, gut geschnittenes Gesicht.

Also Daumen zurück und mal sehen, was kommt. Erneut kam ein Daumen von einem sehr jungen Mann.

„Nicht schon wieder", entfuhr es Simone. „Der Kerl ist doch nicht ganz dicht!" Dalli31 nannte sich dieser Knilch. Wie kann sich ein junger Mann von 31 Lenzen so brennend für eine Frau von 64 Jahren interessieren? Der denkt wohl: Steter Tropfen höhlt den Stein!

Es ging schon eine ganze Weile so. Simone hatte ihm

geschrieben, dass ihr jüngster Sohn in seinem Alter wäre und sie daher mit ihm nichts anfangen könnte. Immer wieder kamen Daumen oder Mails von ihm.

„Meine Güte, wann hört er endlich auf"? schimpfte sie laut. „Wenn er Einarbeitung ins Liebesleben braucht, soll er sich doch eine Professionelle suchen. Ich eigne mich nicht dafür."

Dieser Knabe hatte ihr schon sehr viel dummes Zeug geschrieben, zum Beispiel: „Er bevorzuge die reifen Damen, denn sie verkörpern sein Idealbild von einer Frau" und noch mehr solchen Blödsinn. Ich bin doch nicht abartig, dachte Simone.

Am Sonntag war das Wetter schön und sie fuhr bereits früher in Richtung Hanerau-Hademarschen. Gern verweilte sie ein wenig in der Fischerhütte am Nordostsee-Kanal und beobachtete die vorbeifahrenden Schiffe. Hier fühlte sie sich wohl. In Erwartung dessen, was auf sie zukommen würde, machte sie sich ein paar Minuten vor zwei Uhr auf den Weg zu Samuel.

Dieser hatte ein kleines Häuschen in einer ruhigen Straße nicht weit vom Zentrum des Ortes. Sie parkte vor dem Haus. Auf dem Weg zur Haustür begrüßte sie im Vorgarten eine Großfamilie von Gartenzwergen. Die kleinen Männlein sahen zwar recht putzig aus, entsprachen allerdings nicht dem Geschmack von Simone. Meine kleinen Enkelkinder hätten bestimmt Spaß daran, dachte sie.

Nach ihrem Klingeln wurde ihr rasch geöffnet. Samuel musste sie bereits gesehen haben, denn er war mit seinem Gipsbein sehr schnell an der Tür.

Der Mann war einen halben Kopf grösser als sie. Er hatte blonde Haare, die vorne schon etwas schütter waren und intensiv blaue, tief liegende Augen. Der Mund war eher schmal und das Kinn fliehend. Unter seinem engen, blaukarierten Hemd zeichnete sich ein muskulöser Oberkörper ab. Seine kräftigen Beine steckten in Jeans, doch der Gips störte.

Im Ganzen nicht unattraktiv, dachte Simone.

„Hallo Simone, komm' rein", wurde sie freundlich von Samuel mit einem kräftigen Händedruck begrüßt. Er führte sie durch den Flur ins Esszimmer, wo bereits der Tisch gedeckt war.

Das Kaffeegeschirr war ziemlich kitschig. Es war weißgrundig mit roten Rosen und stand auf einem runden Tisch mit einer blauen Blümchendecke, die überhaupt nicht zu dem Service passte.

Simone machte sich so ihre Gedanken. Sicher er war Witwer und den meisten Männern liegt das Tischdecken nicht. Geschirr und Tischdecke waren recht alt und wohl von seiner verstorbenen Frau angeschafft worden. Sie ließ ihre Blicke durch den Raum schweifen und sah, dass die Einrichtung zu ihrem Eindruck passte. Die Möbel waren nicht billig, doch vom Stil her passten sie nicht richtig zusammen. Alles wirkte zusammengewürfelt und spießig! Auch die Dekoration war nicht gerade geschmackvoll.

Neben allerlei Porzellanfigürchen störte sie die HSV-Fahne an der Wand am meisten. Das war nicht ihre Welt, aber man konnte ja vielleicht etwas ändern.

Samuel hatte Apfelkuchen besorgt, legte ihr ein Stück auf den Teller und goss ihr auch Kaffee ein.

Der Kuchen sah köstlich aus und schmeckte Simone sehr gut. Sie lobte Samuel:

„Wirklich dieser Apfelkuchen ist sehr lecker".

Samuel freute sich darüber und entgegnete lächelnd:

„Der Kuchen ist eine Spezialität unseres örtlichen Bäckers."

Sie unterhielten sich angeregt, sprachen über ihre Arbeit.

„Hast du auch Kinder?", fragte Simone ihn nach einer Weile.

„Leider nein. Wir hätten gern Kinder gehabt, doch es hat irgendwie nicht geklappt, was sehr bedauerlich ist. Wir haben nur für uns gelebt und bis zu ihrem plötzlichen Herztod vor einem Jahr eine glückliche Ehe geführt."

Simone sah, dass es ihn belastete, von seiner Frau zu sprechen, denn seine etwas weichen Gesichtszüge verhärteten sich. Deshalb erzählte sie nichts von ihrer Familie. Sie nahm an, dass sie ihm damit weh tun würde. Simone fühlte sich wohl bei Samuel, konnte aber nicht verhindern, dass ihre Gedanken immer wieder zu Udo schweiften und sie Vergleiche anstellte. Diese fielen nicht zu Gunsten ihres Gastgebers aus.

Samuel gab ihr zu verstehen, dass er Nähe und Zärtlichkeit vermisste. Er hatte zwar den Sport, doch jetzt war er erst einmal verhindert, seine Abende waren lang, einsam und freudlos.

Der Freundeskreis, in dem er sich während seiner Ehe wohlgefühlt hatte, war so gut wie aufgelöst. Er bestand zwar noch, doch entweder wurde er zu diesen Treffen nicht eingeladen, oder er nahm die Einladung nicht an. Er fühlte sich als Fremdkörper unter all diesen glücklichen Paaren.

Simone konnte das nicht verstehen, denn Freundschaften sind doch gerade nach so einem Schicksalsschlag wichtig. Deshalb wollte sie von ihm wissen:

„Warum haben denn die Freunde so reagiert? Normal ist doch, dass man sich gerade in dieser Situation mehr um den Freund kümmert und ihm eine Stütze ist. Du solltest nicht so viel allein sein."

Samuel räumte nachdenklich ein:

„Ich war sehr abweisend zu meinen Freunden, habe mich in meinen Kummer vergraben und wollte einfach nur allein sein. So bin ich dann langsam in die jetzige Lage geschlittert und habe mich damit abgefunden."

Erstaunt entgegnete Simone:

„So etwas kenne ich nicht. Während meiner Scheidung haben mich meine Freunde sehr unterstützt. Es ist zwar nicht mit einem Todesfall vergleichbar, doch die Trennung hat mich sehr mitgenommen, zumal es ein heftiger Rosenkrieg war."

Als die Unterhaltung etwas stockte, stand Samuel mit den Worten auf:

„Einen Moment, Simone. Ich komme gleich wieder, ich möchte dir etwas zeigen." Dann humpelte er in den Flur.

Er ging zu einem Einbauschrank, nahm einen großen, weißen Karton heraus und brachte ihn zum Esstisch, den sie vorher gemeinsam abgeräumt hatten. Simone war gespannt, denn Samuel tat sehr geheimnisvoll. Als er wieder am Tisch saß, öffnete er geradezu feierlich den Karton.

Mit einem Lächeln auf den Lippen holte der Mann allerlei Dessous aus dem, mit Satin gefütterten, Karton. Das erste, was er feierlich auf den Tisch legte, waren Strapse verziert mit schwarz-roter Spitze, dazu ein passendes Höschen, ein elegantes Mieder, ein BH mit Löchern für die Brustwarzen sowie schwarze Netzstrümpfe. Dann kam eine ähnliche Garnitur - diesmal aus feuerroter Spitze. Diese aufreizenden Dessous breitete Samuel auf den Tisch aus.

Simone verfolgte das Geschehen verwundert und wartete ab, was noch kommen würde. Sie liebte schöne Wäsche und elegante Dessous, die sie sehr gern trug. Doch vor ihr lag Reizwäsche wie aus dem Beate Uhse Katalog. Da der Karton noch nicht leer war, fragte sie sich: Kommen jetzt noch Love Toys? Die blieben ihr zum Glück erspart. Mit einem triumphierenden Lächeln legte Samuel zum Schluss einen schwarzen Lackbody zum Schnüren sowie ein rosa Babydoll mit schwarzer Spitze und passendem String auf die blaue Blümchentischdecke.
Simone wusste nicht, was sie davon halten sollte, doch sie verhielt sich still und war gespannt, wie Samuel das erklären würde. Sie musste nicht lange warten.
Zögernd sagte Samuel:
„Simone, du hast fast die gleiche Figur wie meine Ulrike. Ich möchte, dass du diese schönen Sachen trägst. Bitte, ich möchte dich darin sehen, wenn es geht auch jetzt!"
Dann sah er sie mit einem träumerischen und lustvollen Ausdruck im Gesicht erwartungsvoll an.

Obwohl Simone etwas Ähnliches befürchtet hatte, war sie dennoch geschockt. Wie konnte ein erwachsener Mann, ein Fremder, den sie gerade zwei Stunden kannte, sich so geschmacklos verhalten? Sie war wirklich nicht prüde, doch die Vorstellung von Samuel, sich ihm in der Reizwäsche seiner Verblichenen zu präsentieren, war in ihren Augen geradezu pervers. Sie hatte sich auf ein nettes Gespräch am Kaffeetisch eingestellt. Mehr konnte man auch von der ersten Begegnung nicht erwarten.

Simone sah ihn ruhig an und sagte dann mit eisiger Stimme:

„Damit hat sich wohl mit uns alles erledigt, Samuel. Dein Vorschlag ist für mich erniedrigend. Ich trage nichts Gebrauchtes von anderen Frauen, schon gar nicht die Reizwäsche einer Toten. Wie konntest du nur auf so eine perfide Idee kommen?"

„Aber das ist doch nicht schlimm, Simone. Das waren alles ganz teure Dessous. Ich habe auch noch andere Sachen und Parfums von Ulrike", antwortete er, als wäre es das Natürlichste von der Welt, einer Nachfolgerin die Reizwäsche seiner toten Frau anzubieten.

Das war zu viel. Simone stand auf, schob den Stuhl zurück und verließ mit den Worten das Haus:

„Ganz offensichtlich spürst du die Einschläge nicht mehr."

Kopfschüttelnd ging sie zu ihrem Auto und fuhr sofort los. Nur schnell weg von hier, dachte sie. Langsam kam sie sich auf der Suche nach einem Partner vor ‚wie eine, die auszog, das Fürchten zu lernen...'

Es wird ja immer interessanter, stellte sie fest und musste nun doch kichern. Doch das schaukelte sich zu einem kräftigen Lachanfall hoch, so dass sie an den Straßenrand fahren musste, um sich ganz ihrer Heiterkeit hinzugeben. Dabei liefen ihr die Lachtränen über die Wangen, als ihr die ganze Komik dieser Situation bewusst wurde.

Schon wieder etwas versöhnlich gestimmt, wünschte sie Samuel gedanklich viel Glück. Vielleicht gibt es ja Frauen, die dankbar sind, wenn sie die Reizwäsche ihrer Vorgängerin auftragen dürfen, dachte sie. Doch zu dieser Art gehörte sie nicht. Auch ihr Parfum kaufte sie sich am liebsten selbst.

Simone grübelte. Es war wirklich nicht einfach, einen passenden Partner zu finden, obwohl man eigentlich davon ausgehen konnte, dass die Möglichkeiten auf einer Single Plattform sehr groß sind. Waren ihre Erwartungen denn so überzogen?

Kompromissbereit war sie ja, auch sonst konnte sie mit einigen positiven Eigenschaften aufwarten. Sie hatte zwar einige Pfunde zu viel auf den Rippen, sah aber recht attraktiv aus und konnte sich passend zu ihrem Typ gut kleiden. Trotz ihres geschäftlichen Engagements war sie Frau geblieben.

Auch im häuslichen Bereich hatte sie einiges zu bieten. Sie kochte gern und gut. Diese Fähigkeiten wurden inzwischen recht wenig genutzt, da sie allein lebte. Nur wenn sie Besuch erwartete, konnte sie sich so richtig in der Küche austoben und mit ihrer köstlichen Weihnachtsbäckerei erfreute sie nicht nur ihre Familie.

Ihre Verletzlichkeit war ein gut gehütetes Geheimnis. Nur ihre Familie und die engsten Freunden wussten davon. Sie versteckte diese Schwäche hinter ihrer forschen Art und ihrem Humor, denn die Angst, verletzt zu werden, war groß. Sehr oft hatte sie den falschen Leuten vertraut, weil sie zu optimistisch gewesen war und es hatte sich noch nicht viel daran geändert. Über die seelischen Tiefen, die sie durchlitten hatte, mochte sie jetzt nicht mehr nachdenken.

Zu Hause setzte sich Simone auf die Couch und hing ihren Gedanken nach. Was hatte sie bisher bei newlove erreicht? Eigentlich nichts, wenn man von dem wundervollen Liebeserlebnis mit Udo absah. Simone hatte sich viel davon versprochen. Sie war immer noch traurig und verärgert, dass sie nichts mehr von Udo gehört hatte. Das Erlebnis hat mich lediglich um eine Erfahrung reicher gemacht, dachte sie, mehr nicht - Ironie des Schicksals! Wie würde es weitergehen? Sie wusste es nicht.

Sie sollte sich am besten weiter mit newlove und dem vorhandenen Angebot beschäftigen. Ganz ergebnislos war es bisher nicht gewesen, nur für sie fühlte es sich erfolglos an, dachte Simone traurig. Sie setzte sich an den PC, checkte die eingegangenen Mails, um sich anschließend bei newlove einzuloggen.

Dann schrieb sie die längst fälligen Zeilen an Robert:

Hallo Robert,

danke für deine Nachricht. Mein Humor ist inzwischen teilweise zurückgekehrt. Mein Kopf hängt nicht mehr ganz so tief durch, lach... Klar ist die Entfernung zwischen unseren Wohnorten nicht unerheblich. Aber vielleicht klappt es ja doch einmal, dass wir uns treffen. Hast du eigentlich WhatsApp?

Liebe Grüße
Simone

Jetzt wartete sie auf Roberts Antwort und freute sich

schon darauf.

Dann sah sie, dass sie eine Nachricht von Friese 11 hatte. Hoffentlich ist es ein nettes Schreiben, spekulierte sie. Aber man weiß ja nie, was in den Köpfen der Männer so vor sich geht...

Was sich im Kopf von Friese 11 abspielte, traf sie dann doch wie ein Schock. Seine Zeilen machten sie richtig wütend, obwohl sie inzwischen einiges gewöhnt war. Der Typ schrieb:

Hallo Lalila,

Ich möchte gern mehr über dich erfahren und bin deshalb schon richtig neugierig auf dich. Kannst du dir auch eine liebevolle, sehr erotische und sinnliche Mailfreundschaft vorstellen?
Ich würde mich sehr freuen und erwarte sehnlichst deine Antwort.
Ich wünsche dir noch einen angenehmen Tag mit schönen Gedanken.

Herzliche Grüße
Erwin

Simone war empört. Dieser Mann wollte ganz offensichtlich die Kosten für eine Sexhotline sparen. Er dachte wohl, auf diese Weise würde er alles umsonst bekommen. Die Vorstellung war für Simone einfach nur widerlich! Es mag ja Frauen geben, die Spaß daran haben, aber zu denen gehörte sie nicht! Sie antwortete klar und deutlich:

Hallo,

nein, das kann und will ich mir nicht vorstellen. Ich suche keinen erotischen Schreibpartner, sondern eine liebevolle, reale Beziehung. Versuch' es doch bei einer Sexhotline; das soll aber nicht billig sein, eine 0900 Nummer eben!

FG Lalila

Eigentlich müsste ich über all diese insolenten Angebote Buch führen, dachte Simone. Doch es wäre schade um die Arbeit, und außerdem wollte sie keine weiteren Gedanken an solche Typen verschwenden! Da Simone ihre Erwartungen längst nicht mehr so hoch ansetzte wie am Anfang, war dieses unerfreuliche Erlebnis schnell vergessen.

Zu ihrer Freude war eine Nachricht von Robert gekommen:

Hallo Simone,

natürlich habe ich WhatsApp und schicke dir auch gleich meine Handy-Nummer. Da ich gern mehr von dir wissen möchte, würde ich mich über einen telefonischen Austausch freuen. Vielleicht möchtest du mich ja anrufen?

Liebe Grüße
Robert.

Oh ja, diese Idee fand Simone gut. Unter seiner Kontaktinfo bei WhatsApp hatte Robert ein Foto von sich. Nett, sehr sympathisch sah er aus. Kein Mann, der auf den ersten Blick das Herz höher schlagen lässt, dafür ansprechend und vertrauenswürdig. Seine braunen Augen blickten sie freundlich und offen an. Simone beschlich ein angenehmes Gefühl, daher wollte sie Robert anrufen. Denn nun wollte sie auch gern wissen, welche Stimme zu diesem sympathischen Mann gehörte.

Robert schien auf ihren Anruf gewartet zu haben, denn er meldete sich sofort.

„Hallo Simone, super, dass du dich gleich meldest", begrüßte er sie freundlich.

Simone lachte:

„Es war mir ein Bedürfnis, denn die Neugier auf

deine Stimme trieb mich dazu."

„Gefällt sie dir denn wenigstens?", kam neckend von Robert zurück.

„Aber sicher", antwortete Simone und lachte, denn seine angenehme Stimme gefiel ihre auf Anhieb.

Es wurde eine sehr angeregte Unterhaltung. Sie sprachen über ihren Alltag und über berufliche Aufgaben und Pläne. Zwangsläufig kamen sie auch auf das Liebesleben zu sprechen. Nicht nur Simone hatte schlechte Erfahrungen mit dem anderen Geschlecht gemacht, auch Robert.

Er erzählte ihr:

„Ich hatte eine Frau auf eine Tasse Kaffee eingeladen. Das ist eigentlich nicht üblich bei mir, aber mein Eindruck von ihr war so positiv, dass ich mich getraut habe. Doch diese Einstellung zu ihr hat sich sehr schnell geändert.

Als sie vor mir stand, war ich irritiert, denn sie trug einen super kurzen Minirock. Ihr weit ausgeschnittenes, enges T-Shirt war ebenfalls sehr gewagt. Um es kurz zu sagen, ihr ganzes Outfit war für ein erstes Kennenlernen bei einer Tasse Kaffee denkbar unpassend.

Ich wollte nicht unhöflich sein, deshalb machte ich gute Miene zum bösen Spiel. Ich bat sie in die Esseecke zum Kaffeetisch und versorgte sie mit

Kaffee und Kuchen.

Diese unmögliche Frau setzte sich so hin, dass man einen winzigen schwarzen Slip, der nicht viel von ihrem Intimbereich verbarg, sehen konnte. Ihr Shirt bedeckte gerade die Brustwarzen. Kannst du dir vorstellen, wie pikiert ich war?

Aber es ging noch weiter. Die Frau ließ ihre Blicke durch das Zimmer schweifen, sah mich aufreizend an und fragte, ob ich ihr mein Schlafzimmer zeigen könnte. Das ging mir nun wirklich zu weit. Deshalb stand ich auf, verabschiedete mich von ihr und bugsierte sie rasch nach draußen, wobei ich ihr deutlich zu verstehen gab, dass ich sie niemals wiedersehen möchte. Ein Kostverächter bin ich nicht, doch das war mir alles zu dreist und vor allem zu billig."

Simone lachte:

„Das Leben ist doch immer wieder für Überraschungen gut!"

und dann erzählte sie ihm von ihren Erfahrungen. Nur über Udo schwieg sie sich aus.

Robert erklärte ihr, dass sie eigentlich genau seinen Vorstellungen von der idealen Partnerin entsprach. Er fühlte sich zu älteren Frauen mehr hingezogen, konnte es aber wegen seiner Arbeit nicht verantworten, eine Frau an sich zu binden. Erschwerend kam die Distanz ihrer Wohnorte von

400 km hinzu.

„Ich möchte dich keinesfalls wieder aus den Augen verlieren. Es wird bestimmt irgendwann eine Gelegenheit geben, dass wir uns kennenlernen. Über eine Freundschaft mit dir würde ich mich sehr freuen," sagte er aufrichtig.

„Das geht mir ganz genauso, Robert. Eine gute und stabile Freundschaft ist oftmals mehr wert als eine Beziehung, die unter den gegebenen Lebensumständen zum Scheitern verurteilt wäre", war Simones ehrliche Antwort.

Sie unterhielten sich noch eine Weile über ihren Alltag, Familie und Beruf. Als sie das Gespräch beendeten, war beiden klar, dass sie hier und heute den Grundstein für eine echte Freundschaft gelegt hatten. Solche Kontakte sind oft erfüllender, als eine Liebesbeziehung, dachte Simone. Sie war zufrieden, weil der Tag sich doch noch positiv entwickelt hatte.

Was der heutige Sonntag wohl für mich bringen wird, fragte sich Simone morgens beim Frühstück. Vorerst konnte sie nichts aus der Ruhe bringen - es war ja Sonntag.

Gleich nach dem Frühstück trieb ihre Neugier sie an den PC. Newlove lockte...

Verschiedene Männer hatten ihr Profil besucht, aber entweder sie gefielen ihr nicht, oder die Herren trauten sich nicht so recht an sie heran. Hatten sie etwa Angst vor ihr? Simone grinste.

Drei aufrechte Daumen waren dabei. Mein Gott, der hat ja Vorstellungen schmunzelte sie, als sie den Daumen eines 81jährigen Mannes entdeckte. Auf dem Bild sah man ihm sein Alter nicht an. Aber wer weiß, wie alt das Foto ist? Hier wurde viel gemogelt. Diese Erfahrung hatte sie bereits machen müssen.

„Oldy" wie er sich nannte, war 175 cm groß und 80 kg schwer. Schütteres weißes Haar bedeckte seinen Kopf, und sein Blick wirkte müde.

Seine Interessen waren eigentlich akzeptabel, doch oh weh, Oldy war Schulrektor a. D. Daher die strengen Gesichtszüge!

Natürlich war er ohnehin zu alt für sie, aber abgesehen davon verspürte sie nicht das leiseste Verlangen, sich mit seinen möglichen Erziehungs-versuchen auseinanderzusetzen. Denn damit musste man bei Lehrern vielleicht rechnen. Einmal Lehrer – immer Lehrer, war Simones Erfahrung!

Den zweiten Daumen schickte ein 29jähriger Jüngling. Verflixt, aus dem Sandkastenalter bin ich doch schon einige Jahre raus, war Simones Reaktion. Dieser Daumen wird einfach ignoriert...

Osti57 war der dritte Daumen für sie. Eine Nachricht hatte er auch für sie, freute sich Simone. Mal sehen, was er schreibt:

Lalila,

ich kann nur sagen: wow, du gefällst mir!!! Deine Ausstrahlung finde ich Klasse. Dein Blick hat so etwas Magisches für mich. Er geht mir unter die Haut. Ich hätte gern Kontakt mit dir, aber uns trennen 200 km. Ein Treffen ist nicht so einfach, doch wir können uns zunächst schriftlich austauschen, was meinst du dazu?.

Liebe Grüße
Ulli

Abwarten, sagte sich Simone, nachdem sie seine Mail gelesen hatte. Kontakt könnte man ja halten. Mal sehen, was sich daraus entwickelte. Im Profil stand 57 Jahre, 190 cm groß, schwarze Haare, blaue Augen und selbständig. Ein Foto fehlte. Eine Antwort kann ich ja schicken, entschloss sich Simone.

Hallo Ulli,

du verwöhnst mich ja richtig mit deinen netten Worten. Bist du immer so galant? Deinen Vorschlag, dass wir uns vorerst schriftlich austauschen, finde ich gut. Wie du bereits geschrieben hast, wohnst du ja nicht gerade um die Ecke.

Erzähl' mir doch bitte eine wenig von dir. Bist du geschieden? In deinem Profil steht nur ledig und allein lebend.

Hast du Kinder? Ein Foto von dir wäre auch nett, dann weiß ich wenigstens, wem ich schreibe. Lach!! Jetzt habe ich genug gefragt und schreibe ein wenig über mich. Seit acht Jahren bin ich geschieden, habe drei nette Kinder und lebe allein. Meine Kinder sind verheiratet und haben mich auch schon zur dreifachen Oma gemacht. Ein viertes Enkelkind ist bei meinem jüngsten Sohn unterwegs.

Liebe Grüße
Simone

Simone war sich ziemlich sicher, dass Ulli bald schreiben würde. Seine Antwort erwartete sie mit Spannung.

Es dauerte nicht lange, denn schon am nächsten Morgen sah sie, dass Ulli sich gemeldet hatte. Ihre Arbeit war vorrangig, daher wollte sie sich erst am Abend mit den Mails beschäftigen. Nach dem Frühstück überlegte sie, ob sie zuerst nach Elmshorn, oder Itzehoe fahren sollte. Sie hatte keine festen Termine, daher entschied sie sich für Elmshorn.

Der Tag verlief sehr zu ihrer Freude reibungslos. Du

musst noch einige Besorgungen machen, dachte sie, als sie mit ihrem letzten Kunden in Itzehoe fertig war. Der   Supermarkt war gleich um die Ecke, deshalb war sie schnell damit fertig und trug ihre Einkäufe zu ihrem Wagen.

Kurz bevor sie ihr Auto erreichte, riss die Trage-tasche und das ganze Obst, Kartoffeln, Zwiebeln und andere Kleinigkeiten kullerten über den Parkplatz.

„So ein Mist", schimpfte Simone und bückte sich, um alles einzusammeln. Doch ihr kleines Malheur war nicht unbemerkt geblieben. Ein freundlicher Mann sprang aus seinem Auto und half ihr beim Einsammeln. Sie freute sich über seine Hilfe und bedankte sich herzlich bei ihm.

Jetzt fehlt nur ein schöner Becher Kaffee, dachte Simone. Ihr netter Helfer hatte wohl den gleichen Gedanken, denn er lud sie spontan zum Bäcker im Supermarkt auf einen Kaffee ein. Das gefiel Simone und sie nahm dankend an. Nach einer halben Stunde und einem angeregten Gespräch verabschiedeten sie sich beide, tauschten ihre Visitenkarten aus, um sich vielleicht noch einmal auf einen Kaffee zu treffen.

Zu Hause angekommen wollte sie endlich die Nachricht von Ulli lesen. Gespannt fuhr sie den PC hoch und loggte sich bei newlove ein. Auf ihrem Profil hatten sich wieder einige Herren getummelt, doch zuerst war Ullis Schreiben dran. Er schrieb:

Liebe Simone,

nein, ich verwöhne dich nicht mit meinen Worten. Du faszinierst mich mit deiner Ausstrahlung und deiner Intelligenz. Es ist eben sehr schade, dass zwischen uns eine so große Entfernung liegt.

Ich bin schon längere Zeit geschieden und habe einen 17jährigen Sohn, der bei seiner Mutter lebt. Es gibt immer wieder Schwierigkeiten, denn die Frau kann nicht mit Geld umgehen, kümmert sich auch nicht viel um ihn. Sie möchte nicht arbeiten, lebt schon wieder einmal von Hartz vier, wie so oft. Wegen meinem Sohn helfe ich dann finanziell aus. Aber ständig gibt es Streit und Ärger. Ich habe ein Antiquitätengeschäft und verkaufe auch auf Märkten.

Meine Ex könnte ja auch bei mir arbeiten, das will sie aber nicht.

Wenn ich unterwegs bin, kümmert sich ein Freund um mein Geschäft. Bitte schicke mir deine private Mail-Adresse, dann werde ich dir Fotos senden.

Jetzt freue ich mich schon auf Post von dir. Immer wieder kann ich nur sagen, dass du eine tolle Frau bist.

Herzlichst
Ulli

Ulli hatte wohl große Schwierigkeiten mit seiner geschiedenen Frau, vermutete Simone, nachdem sie seine Zeilen gelesen hatte. Beziehungspleiten gehörten wohl zum Vorleben der meisten getrennt lebenden Menschen. Schade, man hat sich doch einmal sehr gemocht und ist aus Liebe eine Verbindung eingegangen.

Wenn die Gemeinschaft scheitert, sollte man die Größe haben, sich mit Anstand zu trennen. Schlimmer ist es noch für den Nachwuchs. Die meisten Eltern merken häufig gar nicht, wie die Kinder darunter leiden, besonders wenn sie mit in den Rosenkrieg einbezogen werden.

Simone war sich bewusst, dass auch sie in ihrer damaligen Lage viele Fehler gemacht hatte. Der Trennungskrieg mit ihrem geschiedenen Mann hatte sie damals an ihre Grenzen gebracht. Es kommt immer auf den Charakter an, und ob man bereit ist, sich mit dem Partner gütlich zu einigen. Geld hatte bei ihrem Kampf damals oberste Priorität, denn sie musste um jeden Cent kämpfen.

Leider hatte sie zu Beginn der Ehe keine Güter-trennung vereinbart. Sie wollte damals eine notarielle Vereinbarung treffen, doch ihr Mann lehnte das ab.

Während des Scheidungskriegs wurde ihr schmerzlich bewusst, warum. Mündliche Versprechungen wie ,ich werde mich nie an deinem Geld vergreifen' hatte er bewusst vergessen.

Der Exmann hatte sie sehr viel Geld gekostet, und das elterliche Erbe wurde dadurch reichlich geschmälert. Die Psyche der Kinder blieb bei diesen Auseinandersetzungen ebenfalls auf der Strecke. Simones geschiedener Mann sagte eiskalt zu ihr: „Ich werde immer nur so viel verdienen, dass es für mich gerade reicht. Von mir bekommst du nichts, gar nichts - auch nicht für die Kinder!"

Jetzt werde ich Ulli schreiben, um ihm meine Mail-Adresse zu schicken, entschied Simone. Ich möchte schließlich gern wissen, wie der Mann aussieht.

Hallo Ulli,

hier kommt die Post, auf die du gewartet hast. Leider sind die Probleme, die du mit deiner geschiedenen Frau hast, nicht selten. Die guten Zeiten sind vergessen, es bleibt nur noch Hass übrig. Was man für den Partner in der Vergangenheit getan hat, ist nicht mehr relevant. Traurig, sehr traurig, aber wahr.

Versuche unbedingt, deinen Sohn weitgehend aus dem Ärger herauszuhalten, er hat sicherlich schon genug Probleme mit der Tatsache, dass er zwischen euch steht. Vermutlich denkt er oft, dass er die

Ursache wäre, wenn es um das Geld geht.
Deine Bewunderung gefällt mir! Welche Frau hat
das nicht gern... Die Fotos, auf die ich schon sehr
gespannt bin, schicke bitte an: <u>*monisi4x@online.de*</u>*.*
Bis bald...

Lieben Gruß
Simone

Irgendwie hatte sie ein komisches Gefühl mit Ulli,
doch vielleicht hat das nichts zu bedeuten und sie
reagiert nur überempfindlich - wie so oft. Durch die
Erfahrung mit Uwe war sie extrem sensibilisiert.
Morgens war im Posteingang eine Mail von Ulli.
Damit hatte sie gerechnet. Neugierig und gespannt
zugleich öffnet sie die Nachricht.
Auf dem ersten Foto stand Ulli neben einer Bank.
Von seiner Körpergröße von 190 cm wußte sie, doch
dass er so schlank war, hatte sie nicht vermutet. Der
unverkennbare Bauchansatz störte nicht. Vielmehr
störte sie der komische Cowboy-Hut, den er trug.
Ohne Hut geht es ja auch, stellte sie fest, als sie das
zweite Foto sah. Die dunklen Haare waren etwas
länger als normal. Ein männliches Gesicht mit einer
Adlernase. Über dem kantigen Kinn sah man
wohlgeformte und schmale Lippen. Seine etwas
wässrig wirkenden blaugrauen Augen sahen Simone

prüfend an. Er konnte sich sehen lassen. Simone wollte nun einfach abwarten, was kommt. Und dann las sie seine Nachricht.

Meine liebste Simone,

jetzt siehst du, wie ich aussehe. Ich hoffe, dass ich dir gefalle. Ich wäre traurig, wenn es nicht so wäre. Sehr oft und viel denke ich an dich und würde gern in deine grünen Augen schauen und träumen. Immer wieder sehe ich mir deine Fotos bei newlove an.
Heute bin ich lange unterwegs, denn ich muss einen alten Tisch und ein sehr altes Vertiko aus der Gründerzeit abholen. Schön wäre es, wenn ich mich nach meiner Rückkehr über einige Worte von dir freuen könnte.
In Gedanken umarme ich dich und schicke dir

herzliche Grüße
Ulli

Spitzbübisch lächelnd stellte Simone fest, dass Ulli langsam konkreter in seiner Mail wurde. Die Spannung wuchs...
Später setzte sie sich an den PC, um seine Mail zu beantworten, doch Ulli hatte bereits wieder eine Nachricht geschickt. Es war ein Gedicht:

Für Simone!

> *Ich bin nicht still, ich bin nur leise.*
> *Ich will nicht viel, auf eine Weise.*
> *Ich will kein Spiel, auch keine Reise;*
> *du bist mein Ziel, glücklicherweise!*

Viele liebe Grüße und sanfte Küsse
Ulli

Wird er jetzt poetisch oder denkt er sich, mit Speck fängt man Mäuse? überlegte Simone. Je nach Situation kann auch ich romantisch sowie poetisch sein. Doch bei Ulli geht das ja sehr rasant und wirkt irgendwie schwülstig, fand sie. Wir kennen uns doch noch gar nicht. Jetzt werde ich ihm erst einmal antworten:

Hallo Ulli,

danke für deine Fotos. Du gefällst mir recht gut, doch Cowboyhüte mag ich überhaupt nicht. Sollten wir uns irgendwann mal treffen, lass' bitte den Hut zu Hause. Mit deinem gefühlvollen Gedicht hast du mich überrascht. Du gehörst wohl zu den seltenen männlichen Exemplaren, die poetisch sind und auch dazu stehen. Doch ich habe mich wirklich darüber gefreut. Ich denke recht oft an dich und erwarte deine nächste Nachricht.

Herzliche Grüße
Simone

Hätte ich jetzt auch ein Gedicht schicken sollen? Sie hatte es kurz in Betracht gezogen, doch das passte einfach nicht zu ihr. Sich verbiegen? Nein bloß nicht!
Simone loggte sich bei newlove ein, um zu sehen, ob es Neuigkeiten gab. Einige uninteressante Profilbesuche, zwei erhobene Daumen, die sie erwiderte, und eine Nachricht.

Martino42 schrieb:

hallo schöne frau,
Hast du interesse? Wir könen villeicht mal telfonieren,.

LG Martino

Diese Nachricht trifft genau meinen Geschmack, dachte Simone amüsiert. Wie war das noch so schön, frei nach Johann Strauss im Zigeunerbaron? „Ja, das Schreiben und das Lesen ist nie mein Fach gewesen...' Oh, Himmel hilf...

Auf eine Nachricht von ihr wartete Martino vergebens.

Simone sah sich noch einige Profile an und loggte sich lustlos aus.

Wie erwartet war morgens eine Nachricht von Ulli da, doch erst am Abend kam sie dazu, sie zu lesen. Es war wieder ein Gedicht mit einem kurzen Vorspann von Ulli:

Liebste Simone,

meine Gedanken sind mehr bei dir, als woanders. Du hast dich in mein Herz geschlichen. Hier kommt wieder ein schönes Gedicht, das mein Gefühlsleben beschreibt.

> *Hast du die Äuglein aufgemacht*
> *und die Nacht im Traum verbracht,*
> *dann schau nach draußen in das Licht,*
> *der Sonnenschein ist nur für dich!*

Liebe und herzliche Grüße
Ulli

Das las sich ja recht nett, aber trotzdem hatte Simone

ein merkwürdiges Gefühl. War er immer so schnell entflammbar? Irgendwie war das alles zu viel! Eine gewisse Vorsicht schien auf jeden Fall angebracht.

Lieber Ulli,

du verblüffst mich mit deinen Mails. Wir kennen uns noch nicht persönlich, trotzdem beschäftigst du dich so intensiv mit mir. Was ist, wenn ich dir gegenüberstehe und wir die ersten Sätze gewechselt haben? Dann denkst vielleicht, hätte ich das bloß nicht angefangen. Trotzdem fühle ich mich geschmeichelt, wenn ich deine Post lese.

Liebe Grüße,
ich denke auch an dich
Simone

Nachdem die Nachricht verschickt war, rief Simone spontan ihre Tochter Bella an:
„Hallo Bella, wie geht es euch?", wollte Simone wissen.
„Recht gut Mutter", bekam sie zur Antwort.
Dann fragte Simone:
„Ihr Kinder wolltet doch alle zu mir kommen. Passt euch der nächste Sonntag? Und ist es möglich, dass du mit Jörn und Peter sprichst, ob sie dann auch Zeit

haben?"

Bella sagte für sich und ihren Mann Heinz zu.

„Ich werde Jörn und Peter fragen, ob es auch bei ihnen geht und dich dann über WhatsApp oder telefonisch informieren", versprach sie ihrer Mutter.

Simone hatte eine unruhige Nacht. Warum wusste sie auch nicht. Sie schlief wenig und machte sich morgens übellaunig auf den Weg zu ihren Kunden. Schon früh am Tag sehnte sie den Feierabend herbei. Glücklicherweise verlief alles ohne größere Probleme, was sehr angenehm für Simone war. Endlich zu Hause setzte sie sich gleich mit einem Pott Kaffee vor den PC.

Sofort stach ihr ein unbekannter E-Mail-Absender ins Auge. Neugierig machte sie die Mail auf.

Eine Monika Schneider schrieb:

Hallo,

gern würde ich mit dir ein Gespräch von Frau zu Frau führen. Ich glaube, das könnte uns beiden weiterhelfen. Ich sage nur newlove.de. Bist du neugierig geworden?

LG Monika

Ja sie war neugierig geworden und schrieb rasch

zurück:

Hallo Monika,

selbstverständlich bin ich neugierig geworden. Auch ein vertrauliches Gespräch von Frau zu Frau ist möglich. Ich würde dir sogar vorschlagen, dass wir telefonieren. Du kannst mir vertrauen.

LG Simone

Mal abwarten, was jetzt auf mich zukommt? dachte Simone und war richtig gespannt.
Dann sah sie, dass auch von Ulli Post eingetroffen war. Er schrieb:

Liebste Simone,

wenn ich an dich denke, überkommt mich eine große Sehnsucht. In dir sehe ich eine tolle Frau, die es wert ist, dass man sie schätzt und liebt. Sicher kenne ich dich noch nicht persönlich, doch mein Gefühl sagt mir, dass wir zwei verwandte Seelen sind.

> *Blumen brauchen Sonnenschein,*
> *und ich brauch dich zum*
> *Glücklichsein!*

Fühle dich in den Arm genommen
Ulli

Glücklicherweise war heute Freitag. Morgen konnte Simone ausschlafen, und am Sonntag würden die Kinder und Enkelkinder zu Besuch kommen. Mit diesen Gedanken ging sie ins Bett.

Am Samstag stand Simone spät, erst gegen zehn Uhr, auf. Nach dem Frühstück erledigte sie alle Hausarbeiten und ignorierte erst einmal den PC, denn sie ahnte, dass Ärger auf sie zukommen würde.

Sie musste noch einkaufen, denn mit den Vorräten von ihrem Ein-Personen Haushalt konnte sie den Appetit ihrer Großfamilie nicht stillen.

Zwei Stunden später kam Simone schwer beladen zurück. Es dauerte auch eine Weile, bis sie alles verstaut hatte. Für morgen stand Spaghetti Bolognese nach einem Rezept von Bocuse auf dem Speiseplan, denn das aßen alle gern - vor allem die Kinder. Dazu wird es eine große Schüssel gemischten Salat geben, und zum Nachtisch wollte sie ihre berühmte Himbeercreme servieren. Die aßen nicht nur die Kleinen gern. Schön, dass alle Kinder kommen, freute sich Simone. Es wird sicher lustig, aber auch lebhaft werden, denn die Kleinen sind sehr temperamentvoll.

Alles war erledigt, also ran an den PC! Simone

musste Ulli antworten und auf die Mail von Monika war sie auch gespannt.

Aha, nicht nur von Monika war eine Mail gekommen, sondern auch von Ulli, sah sie, obwohl sie noch nicht einmal seine letzte Mail beantwortet hatte. Simone öffnete zuerst die Mail von Monika.

Hallo Simone,

ich freue mich über deine Reaktion und war schon etwas misstrauisch. Lange habe ich überlegt, ob wir telefonieren sollen, wollte erst nicht, doch es wird wohl besser sein. Ich schicke dir meine Telefonnummer und würde mich freuen, wenn du mich gegen 16 Uhr anrufst.

LG Monika

Das werde ich tun, entschloss sich Simone und sah auf die Uhr. Sie hatte noch zwei Stunden Zeit, es war erst 14 Uhr. Dann werde ich erst einmal Ullis Mail ganz in Ruhe lesen, beschloss sie:

Liebste Simone,

ist etwas passiert? Gestern habe ich noch mit einer Antwort von dir gerechnet. Es hat mir etwas gefehlt.

Seit ich dich kenne,
gehst du mir nicht mehr
aus dem Herzen!!!!!

Melde dich bitte, liebe Simone. Ich umarme dich
und küsse dich ganz sanft und zärtlich.

Ulli

Simone fehlte die Begeisterung für die Gedichte und
die romantischen Worte von Ulli. Er war ihr zwar
noch nicht zu nahe getreten, doch irgendwie störte
sie seine Art sich auszudrücken, obwohl sie sich
teilweise geschmeichelt fühlte. Sie musste ihm das
schreiben, doch insgeheim nannte sie ihn „Schmalz-
dackel."

Lieber Ulli,

danke für deine Mails, doch manchmal kann ich
nicht gleich antworten. Gefühlsmäßig stehe ich dir
wohl näher, als dies umgekehrt bei mir der Fall ist.
Bei mir geht es nicht so schnell.

Liebe Grüße
Simone

Simone sah auf die Uhr und stellte fest, dass es Zeit war, Monika anzurufen. Sie nahm das Telefon und wählte ihre Nummer.

„Hallo Monika, hier ist Simone. Ich bin gespannt, was uns mit newlove verbindet."

Monika: „Hallo Simone. Ich will es kurz machen. Ulli ist mein Mann!"

„Wie bitte?", entfuhr es Simone.

„Leider ist es so. Wir sind verheiratet, aber Ulli verhält sich schon seit mehreren Jahren wie ein Single," , antwortete Monika traurig. „Es gab Begebenheiten und Affären mit ihm, die du dir kaum vorstellen kannst. Er tut immer sehr geheimnisvoll, wenn er am Computer sitzt und loggt sich auch immer aus, sobald er das Büro verlässt. Doch vor drei Tagen hatte er es vergessen. Ich habe dann euren Kontakt bei newlove gesehen und damit auch deine E-Mail Adresse", schloss Monika schluchzend.

Simone wurde heiß und kalt, als sie das hörte.

„Meine innere Stimme hatte mich schon gewarnt, Monika", erwiderte sie.

„Zwar kann ich hoffnungslos romantisch sein, doch berufsbedingt bin ich eher realistisch und habe mich über seine romantischen Texte teils gewundert, teils haben sie mir geschmeichelt. Aber ich finde es unglaublich mies, was Ulli mit dir und auch mit mir macht. Ich hasse es, angelogen zu werden."

Monika wollte noch mehr erzählen:

„Letztes Jahr klingelte sogar eine Frau an unserer Haustür. Als ich aufmachte, fragte sie mich, was ich hier eigentlich noch wollte, warum ich nicht endlich gehen würde. Seit einem Jahr würde Ulli ihr versprechen, sie könne sofort einziehen, sobald ich das Haus verlassen hätte. Ulli wäre ganz unglücklich, weil ich mich immer noch nicht dazu entschlossen hätte", berichtete Monika verbittert.

Simone war fassungslos:

„Das ist abscheulich, Monika. Wie kann ein Mann sich so verhalten? Ich habe mit meinem Exmann auch viel mitgemacht, doch eine andere Frau hat nie vor der Tür gestanden. Mir hat Ulli geschrieben, du würdest nicht arbeiten, kannst nicht mit Geld umgehen und würdest überwiegend von Hartz IV leben. Immer wieder müsste er dir Geld geben, schon wegen eures gemeinsamen Sohnes."

Resigniert sagte Monika:

„Bei diesem Mann kann mich fast nichts mehr erschüttern. Seit Jahren ist er impotent, war auch schon in ärztlicher Behandlung deswegen. Er ist immer in verschiedenen Single Börsen unterwegs und baggert die Frauen an.

Ich bin jetzt fast so weit, dass ich nicht mehr will. Bisher haben mich unser 17jähriger Sohn, das

gemeinsame Haus und das Geschäft davon abge-
halten, alles zu beenden. Aber ich denke, der Zeitpunkt ist jetzt gekommen, endlich Schluss zu
machen mit diesem Menschen."

Simone sprach beruhigend auf sie ein:

„Das ist bestimmt das Beste für dich. Anfangs kann
es schwer werden, doch es gibt immer einen Weg.
Mein Sohn war noch zwei Jahre jünger als deiner, als
die Trennung erfolgte. Ich konnte einfach nicht mehr.
Ich wäre vor die Hunde gegangen, wenn ich weiter
bei dem Mann geblieben wäre. Einen Denkzettel
sollten wir Ulli allerdings verpassen, was meinst du
Monika?"

„Daran habe ich auch schon einmal gedacht", kam es
resigniert und müde von Monika. „Was stellst du dir
vor, Simone, hast du eine Idee, wie wir das machen
könnten?"

„Ganz einfach, ich werde auf seine romantischen
Nachrichten etwas mehr eingehen und ihm sagen,
dass ich eine Freundin habe, die etwa zehn Kilometer von euch entfernt wohnt. Diese Freundin hätte
mich eingeladen, denn wir haben uns lange nicht
mehr gesehen. Weiterhin schreibe ich ihm dann in
etwa so:

‚Lieber Ulli, ich habe mir gedacht, dass dies eine
gute Möglichkeit für ein Treffen wäre. Wir stehen
uns dann endlich einmal persönlich gegenüber, was

meinst du dazu?"

Wir werden sehen, Monika, ob er mich treffen will, dann überlege ich weiter, was zu tun ist. Was hältst du von meinem Vorschlag, wollen wir das so machen?"

Monika kicherte:

„Ich finde deine Idee einfach toll. Das ist ein genialer Coup von dir, Simone. Ich fühle mich schon viel besser. Ich danke dir von Herzen!"

Simone versprach ihr:

„Ab sofort werde ich sowohl jede E-Mail von Ulli an mich, als auch meine Antwort an ihn an deine Mail-Adresse weiterleiten."

Die beiden Frauen lachten verschwörerisch und hofften, dass Ulli den Denkzettel bekommen würde, den er verdient hatte. Als sie das Telefonat beendeten, waren beide froh und erleichtert. Sowohl Monika als auch Simone war bewusst, dass dieser Kontakt für beide Frauen etwas gebracht hatte. Für Simone war es die Klarheit, die so wichtig für sie war, und Monika hatte endlich eine Verbündete gefunden, auf die sie zählen konnte.

Monika tat Simone unendlich Leid. Sie nahm sich vor, sie tatkräftig zu unterstützen, auch wenn sie das nur moralisch konnte. Einfacher wäre natürlich zu sagen: „Männer sind Schweine!", aber nein so war es nicht. Charakterschweine gibt es bei beiden

Geschlechtern, traurig nur für den Menschen, der unter einem solchen Zeitgenossen leiden musste.

Jetzt ist erst einmal Schluss mit Ulli, sagte Simone sich und dachte an den morgigen Besuch von ihren Kindern. Sie entschloss sich, die Himbeer-creme als Dessert schon abends zu machen, dann hatte sie am nächsten Morgen weniger zu tun. Sofort ging sie an die Arbeit und war bald damit fertig.

Doch sie musste ständig an Monika denken. Um den Kopf freizubekommen, holte Simone ihr Fahrrad aus der Garage und radelte zum Deich. Das war genau die richtige Therapie für sie in dieser Situation. Nach einigen Kilometern am Meer entlang stellte sie das Fahrrad ab und setzte sich auf eine Bank. Simone sah den Wellen zu, die an den Strand plätscherten, und ließ ihre Gedanken schweifen.

Wie schon so oft tankte sie in dieser Umgebung wieder Kraft und wurde ruhiger, denn das Telefonat mit Monika hatte sie doch etwas aus dem Gleich-gewicht gebracht.

Am Sonntag stand Simone früh auf und bereitete alles für den Besuch vor. Rasch war sie damit fertig und fuhr danach den PC hoch. Wie schon erwartet, hatte Ulli geschrieben..

Hallo mein Augenstern Simone,

ich werde ein wenig geduldiger sein, obwohl es mir schwerfällt. Du faszinierst mich einfach, und ich bekomme schlotternde Knie, wenn ich auf deine Fotos sehe. Bitte nicht böse sein.
Ich bin ab morgen bis Donnerstag geschäftlich unterwegs, kann dann nur kurze Nachrichten über das Handy schicken.
In Gedanken eine liebevolle Umarmung

Kuss Ulli

Na warte, mein Freund, du Pharisäer, dachte Simone und entschloss sich, ihm sofort zu antworten.

Hallo mein lieber Ulli,

echt schade, dass du vier Tage unterwegs bist. Deine lieben romantischen Worte werden mir fehlen. Vor einer Stunde rief mich eine alte Freundin an, und bat mich um einen Besuch. Wir haben uns drei Jahre nicht gesehen. Sie hat ihren linken Fuß verletzt und kann daher nicht zu mir kommen. Meine Freundin wohnt in Rotenburg, Wümme, also gar nicht weit von dir. Wollen wir dann mal gegenseitige Gesichtskontrolle machen? Ich würde mich sehr,

sehr freuen.

Ein Bussi von mir
Simone

Nun bin ich gespannt, lachte Simone in sich hinein.
Die beiden Mails leitete sie gleich weiter an Monika
und schrieb dazu:
„Mit dem Bussi habe ich ihn ja schon angefüttert...“
Auf eine Antwort musste sie bestimmt nicht lange
warten, da war Simone sich sicher. Eine halbe
Stunde später hatte sie eine Nachricht von Ulli in
ihrem Posteingang. Sie triumphierte. Ich habe es
doch gewußt!

Liebste Simone,

*deine Zeilen haben mich glücklich gemacht. Einem
Treffen steht demnach nichts mehr im Weg. Ich
würde dich gern zum Essen in ein gemütliches
Restaurant einladen. Dort können wir fulminant
speisen und uns ungestört unterhalten. Kannst du am
nächsten Samstag um 19 Uhr im Niedersachsenhof
in Gyhum sein? Ich würde mich sehr freuen.*

In Gedanken drücke und küsse ich dich
Ulli

Genau dort wollte ich dich haben, triumphierte Simone. Den Termin werde ich gern bestätigen, doch du wirst vergeblich auf mich warten, mein Freund.

Dann holte sie die Haustürklingel aus ihren Gedanken. Klar, die Kinder waren eingetroffen... Schnell machte sie den PC aus, und ging zur Tür.

„Hallo Oma" riefen die Kleinen und stürmten auf sie zu, als sie die Haustür öffnete. Die Eltern lachten und begrüßten ihre Mutter herzlich.

„Kommt rein, schön, dass ihr da seid", empfing Simone ihre Familie. „Wir werden uns einen wunderbaren Tag machen. Ihr wollt bestimmt einen Kaffee trinken, ich habe ihn bereits fertig. Setzt euch bitte!".

Simone holte den Kaffee und die Kinder bekamen Saft.

In den nächsten Stunden tauschten ihre Kinder und Enkel ihre Erlebnisse mit ihr aus, alle spielten gemeinsam mit den Kleinen, und dann fuhren sie an den Strand.

„Oma wir wollen Muscheln suchen", riefen ihre Enkel Paula und Jannick, Sven war noch zu klein, er saß in seinem Buggy und beobachtete alles.

„Wo sind die schönsten Muscheln, Omi?", wollten die Kleinen wissen.

„Ich weiss es nicht, wir müssen einfach ins Watt gehen und welche suchen", erklärte Simone ihnen.

„Kommt mit mir!"

Es dauerte nicht lange bis das Eimerchen der beiden Kinder mit hübschen Muscheln gefüllt war. Die Kleinen hüpften vor Begeisterung drum herum.

Müde vom Toben im Watt hatten die Kinder nichts dagegen, wieder nach Hause zu fahren. Doch bevor sie ins Auto durften, mussten ihre Gummistiefel und auch die Hosen vom Schlick befreit werden. So mancher Schlickspritzer hatte sich sogar auf die kleinen Gesichter verirrt. Die inten-sivere Reinigung erfolgte dann unter der Dusche bei Oma Simone.

Dann war der schöne Tag zu Ende. Kinder und Enkel verabschiedeten sich. Etwas wehmütig sah Simone den Autos nach und ging ins Haus. Nach kurzer Zeit war alles aufgeräumt und sah wieder ordentlich aus. Ich werde jetzt Ulli den Termin bestätigen, dachte sie und grinste schelmisch. Sie setzte sich an den PC und schrieb:

Lieber Ulli,

nicht nur du bist glücklich, ich auch. Ich freue mich sehr auf unser Treffen, besonders weil wir die nächsten Tage, bedingt durch deine Reise, weniger Kontakt haben werden. Am Samstag werde ich, wie von dir vorgeschlagen, um 19 Uhr im Niedersachsenhof sein. Meiner Freundin habe ich schon gesagt, dass ich an diesem Abend unterwegs sein werde.

Ich küsse dich in Gedanken
Simone

Dann leitete sie die beiden Texte weiter an Monika.Das Telefon schrillte eine halbe Stunde später. Es war Monika.Sie bedankte sich bei Simone und sagte:

„Super, ich habe mit meiner Freundin telefoniert, wir werden eine halbe Stunde vor Ulli im Niedersachsenhof sein. Hoffentlich sagt er nicht noch ab. Auf sein Gesicht freue ich mich heute schon", und dann musste sie wieder lachen...

Gut, dass Monika noch lachen kann, dachte Simone...

Bis Donnerstag kamen nur ganz kurze Nachrichten von Ulli. Wie sie Monika versprochen hatte, schrieb Simone immer sehr liebevoll zurück. Aber die beiden Frauen telefonierten auch häufig, denn beide konnten das Treffen kaum erwarten. Sie vereinbarten SMS-Kontakt für Freitag, wenn Monika und ihre Freundin ab 18.30 Uhr im Lokal sitzen würden und auf sein Erscheinen warteten.

Donnerstagabend kam dann noch eine Mail von Ulli.

Liebste,

*ich freue mich auf morgen, ja ich freue mich sehr.
Endlich sehe ich dich Simone.*

> *Lass mich das Kissen sein, auf das du deinen
> Kopf legst,
> die Decke, die dich wärmt, wenn du schläfst -
> und der Sonnenstrahl, der dich wach küssen
> darf.*

*Ich kann es kaum noch erwarten.
Bis morgen meine Liebste.
Ulli*

Der kann morgen lange auf mich warten. Simone warf den Kopf zurück und lachte lauthals.

Freitag, kurz nach halb sieben, meldete sich Monika bei Simone.

„Jetzt kann er kommen, ich bin gespannt", sagte Monika.

„Prima", entgegnete Simone, „wenn er aufkreuzt, schicke schnell eine SMS an mich, dann werde ich meine Nachricht für ihn, die schon fertig ist, auf den Weg schicken."

„Was steht denn in deiner Nachricht?", fragte Monika glucksend.

Kichernd antwortete Simone:

„Oh, ich entschuldige mich wegen meiner akuten Darmprobleme. Deshalb musste ich die Fahrt abbrechen, und natürlich bin ich untröstlich."

Monika antwortete erleichtert:

„Das ist prima, Simone, ich danke dir von Herzen. Ulli hat das alles verdient!"

Pünktlich um 19 Uhr kam die SMS:

‚Er ist eingetroffen, melde mich später, Monika'.

Nur knapp 15 Minuten musste Simone warten, bis Monika sich telefonisch bei ihr meldete. Am Anfang hatte Monika nur ins Telefon gelacht, erst als der Anfall vorüber war, konnte sie berichteten, was im Restaurant geschehen war:

„Ulli kam in seinem besten Freizeitoutfit mit einem großen Blumenstrauß ins Restaurant und sah sich suchend um. Dann sah er Silke, meine Freundin, und ging auf sie zu. Da ich hinter einer Säule saß, konnte er mich erst sehen, als er vor unserem Tisch stand.

Verwundert fragte ich meinen Mann:

„Was machst du denn hier, Ulli? Wolltest du dich nicht mit Georg treffen, weil ihr einiges zusammen erledigen wolltet?"

Ulli sagte zögernd und nach Worten suchend:

„Es ist etwas äh, äh, dazwischen gekommen, doch äh, äh, wir wollen uns noch treffen."

Natürlich bin ich ganz ernst geblieben und habe geantwortet: ‚Aha, so ist das also. Aber diese herrlichen Blumen hast du doch bestimmt nicht für Georg besorgt. Ich finde es toll, Ulli, dass du mir nach langer Zeit wieder einmal so wunderschöne Blumen mitbringst. Ich danke dir!‘

Und dann habe ich ihm, wie selbstverständlich, den Strauß abgenommen und mich lieb lächelnd dafür bedankt.

Mein lieber Ulli entschuldigte sich rasch und verlegen mit den Worten: ‚Ich gehe nach draußen, Monika, und werde dort auf Georg warten. Bis bald!‘

‚Das ist in Ordnung, Schatz‘, war meine Antwort, aber könntest du mir einen Gefallen tun und unser Essen am Tresen bezahlen? Ich habe die Preise hier unterschätzt und zu wenig Geld eingesteckt. Danke dir, Schatz! Wir werden uns zwar noch einen Wein bestellen, den können wir aber selbst bezahlen. Und nun geh‘ zu Georg nach draußen, der wartet bestimmt schon‘.

So ist das abgelaufen, Simone“, schloss Monika ihren Bericht.

Simone konnte nicht anders, sie musste erst einmal nur lachen und sagte dann mit Lachtränen in den Augen: „Nun ja, Monika, die Ratten verlassen das sinkende Schiff!“

„Danach haben wir uns das Essen schmecken lassen

und uns noch dazu einen guten Wein bestellt", fuhr Monika fort und verabschiedete sich lachend von Simone mit den Worten: „Vielen Dank für deine Hilfe, Simone. Es hat so gut getan. Ich melde mich noch einmal, um dir zu berichten, wie das alles ausgegangen ist."

Simone lachte, freute sich und dachte: Ulli, mein Schatz, das hast du wirklich verdient!

Eigentlich passte diese Aktion gar nicht zu Simone. Zwar war sie ein Spaßvogel, doch diese Falle war schon etwas derb. Aber Ulli musste es so haben, sagte sie sich. Ich werde ihm noch eine nette Mail schreiben, wie untröstlich ich bin, dass unser Treffen nicht zustande gekommen ist.

Am nächsten Tag schrieb Simone an Ulli, dass sie sehr traurig darüber war, dass das Treffen geplatzt war, denn sie hätte ihn so gern gesehen.

Es folgten von beiden Seiten noch einige Nach-richten, doch dann schlief der Kontakt ein. Ulli hatte wohl kalte Füße bekommen, denn auch bei newlove war er verschwunden.

Monika und Simone telefonierten noch manchmal zusammen. Monika hatte beschlossen, sich endgültig von Ulli zu trennen. Sie wollte nicht länger an einer Ehe festhalten, die schon lange keine mehr war. Ihr gemeinsamer Sohn litt sehr unter dieser Situation, deshalb musste Monika handeln. Die vermeintlich heile Familie sollte endlich aufgelöst werden.

Für Monika waren vor allem das gemeinsame Haus sowie das Geschäft ein großes Problem. Da Simone vor einiger Zeit in der gleichen Situation gewesen war, konnte sie diese Ängste sehr gut verstehen. Simone machte Monika Mut und tröstete sie mit den Worten: „Du bist jetzt 60, hast voraussichtlich noch 25 Jahre oder mehr vor dir. Möchtest du wirklich so weiter leben?"

Hoffentlich hat sie es geschafft, dachte Simone oft, denn auf die letzte Mail, die sie Monika geschrieben hatte, kam keine Antwort. Sie erhielt weder eine Mail noch eine SMS.

Vermutlich ist es besser für Monika, jetzt mit allem abzuschließen, auch mit mir, dachte Simone. Denn durch sie würde Monika immer wieder an Ullis Lügen erinnert werden.

Simone überlegte: Auch wenn ich bei newlowe noch nicht das gefunden habe, was ich suche, muss ich doch feststellen, dass es nicht langweilig wird. Zwar habe ich nicht die besten Erfahrungen gemacht, habe aber dennoch viel dazu gelernt.

Am besten hat ihr bisher der Kontakt mit Robert gefallen. Mindestens zweimal wöchentlich hatten sie per WhatsApp Kontakt, und es würde wohl auch so bleiben.

Doch jetzt wollte sie wissen, was bei newlove los war, denn Fortsetzung folgt...

Simone loggte sich ein. Fünfzehn Mitglieder hatten sich mit ihrer Person beschäftigt. Sechs erhobene Daumen und zwei Nachrichten warteten auf sie. Flüchtig sah sie auf die anderen Mitglieder, die ihr Profil besucht hatten, ohne eine Reaktion zu hinterlassen. Sie stellte fest, dass es gut so war, denn sie hätte sich bei diesen Herren ohnehin nicht gemeldet. Entweder waren sie zu alt, oder einfach uninteressant für sie.

Simone nahm diejenigen, die ihr einen Daumen geschickt hatten, unter die Lupe. Vier davon fanden Gnade vor ihren Augen, daher schickte sie ihnen Daumen zurück. Dann beschäftigte sie sich mit den anderen beiden, die eine Nachricht für sie hatten.

Die erste kam von einem Carli. Er war 59 Jahre alt, 177 cm groß, grauhaarig, braune Augen und hatte ein Ziegenbärtchen am Kinn. Diese kleinen Kinnbärtchen mochte Simone eigentlich gar nicht, denn im Verlauf eines anderen Kontaktes hatte ihr der Bartträger zu verstehen gegeben, dass er den Bart nur trage, um Frauen im Intimbereich mehr Lust zu verschaffen. Klar, dass der Kontakt zu diesem Mann umgehend abgebrochen wurde. Seit dieser Zeit mochte Simone diese Bärte nicht mehr. Carli sah sonst nicht schlecht aus, auch mit seinen Interessen konnte sie sich identifizieren. Sollte sie es wagen? Carli schrieb:

Hallo Lalila,

da du mir gefällst, würde ich dich gern näher kennen lernen. Wollen wir uns irgendwo auf einen kleinen gemütlichen Schluck treffen? Ich will hier nicht viel schreiben. Es ist besser, denke ich, wenn wir uns auf ein zwangloses Gläschen sehen.
Herzliche Grüße
Karsten

Zwangloses Gläschen? Warum nicht!.

Hallo Karsten,

ein gemütlicher Schluck ist immer gut. Wo möchtest du mich gern treffen?

LG
Simone

Die zweite Nachricht schrieb Robinson. Er war 57 Jahre alt, 196 cm groß, hatte braune, etwas längere Haare, dunkle Augen, einen Vollbart und sehr markante Gesichtszüge, die Willensstärke ahnen ließen. Er war Journalist und viel unterwegs.

Hallo Lalila,

mit dir möchte ich an einer einsamen Insel stranden, denn Robinson allein auf einer Insel, das passt nicht. Kannst du dir vorstellen, mit mir viel im Ausland unterwegs zu sein? Ich bin humorvoll, treu und zärtlich, aber ein Abenteurer. Melde dich bitte süße Lalila.
Es grüßt dich
John

Simone lachte herzlich über diese Zeilen. John war wohl ein Spaßvogel. Diese Art gefiel ihr. Sollte sie mit John eine Verbindung eingehen, müsste sie sich von ihrem Job lösen, auch zu ihrer Familie könnte sie nicht mehr den derzeitigen Kontakt aufrecht erhalten. Was wäre dann, wenn es nicht klappt? Job los, Familie und Heim... Alles war ihr zu ungewiss, zumal sie auch ihre Familie sehr vermissen würde. Nein, dieses Leben konnte sie sich nicht vorstellen.

Hallo John,

du gefällst mir, das kann ich nicht verhehlen, doch

ein Leben an deiner Seite ist für mich unvorstellbar. Zwar bin ich auch sehr umtriebig und durch meinen Beruf viel unterwegs, doch nur im Raum Schleswig Holstein und Hamburg. Ich habe einen guten Job, Haus, Hof und eine liebevolle Familie. Ich wäre unglücklich, wenn ich alles aufgeben müsste. Sicherlich keine Basis für einen Neuanfang. Ich wünsche dir viel Glück.

Liebe Grüße
Simone

An Karsten mit dem Ziegenbärtchen ging die nächste Nachricht:

Hallo Karsten,

das ist eine gute Idee, sich bei einem Gläschen zu unterhalten. Wie sieht es bei dir morgen um 20 Uhr aus? Wir könnten uns im Mexx in Heide treffen. Schreib' mir bitte, ob dir der Termin passt.

Liebe Grüße
Simone

Karsten bestätigte den Termin sehr schnell. Also, dann mal los, dachte sich Simone. Was mich wohl morgen erwartet?

Ihre Hoffnung war nicht groß, aber Simone beschloss, sich einfach überraschen zu lassen. Ob positiv oder negativ wird sich zeigen. Wenigstens verbringe ich keinen langweiligen Abend auf dem Sofa mit einem öden Fernsehfilm, bei dem ich doch nur einschlafe.

Pünktlich um 20 Uhr betrat Simone am nächsten Abend das Mexx, in dem Karsten bereits auf sie wartete. Er erhob sich von seinem Tisch, kam auf sie zu und begrüßte sie herzlich mit den Worten:

„Guten Abend Simone."

Lächelnd erwiderte Simone seinen Gruß mit: „Hallo Karsten."

Sie setzte sich zu ihm an den Tisch und bestellte ein Glas Grauburgunder bei der Bedienung. Eine angeregte Unterhaltung begann.

Zuerst wollte Karsten alles über sie wissen. „Was machst du beruflich?"

Simone schilderte ihre Tätigkeit. Auch ihre Familie und ihre Wohnungssituation interessierten ihn. Simone glaubte, einen zufriedenen Ausdruck in seinen Zügen zu entdecken, als sie von ihrem schönen Haus erzählte.

Doch dann wollte Simone alles von ihm wissen.

Karsten erzählte, dass er eine gut gehende Versicherungsagentur hätte, von der er angenehm leben könnte. Und er wäre seit einem Jahr geschieden.

Doch der Kampf mit seiner geschiedenen Frau um Geld und Unterhalt für seinen 20jährigen Sohn wäre leider immer noch nicht zu Ende.

Er wollte für seinen Sohn keinen Unterhalt mehr zahlen, weil der Junge bereits mehrere Ausbildungen abgebrochen hätte. Seine geschiedene Frau wollte er auch nicht mehr unterstützen, weil sie ein gestörtes Verhältnis zur Arbeit hatte.

Zudem hatte seine Exfrau von ihm verlangt, eins seiner beiden Autos zu verkaufen. Sie war der Ansicht, dass ein Wagen für ihn reichen würde. Karsten wollte jedoch nicht darauf verzichten. Denn mit dem BMW würde er die langen Strecken fahren, während der Smart für die Stadt und Kurzstrecken genutzt wurde. Er habe schon auf seinen Anteil von dem gemeinsamen Haus verzichtet und wohnte nun in einer bescheidenen Zweizimmerwohnung in Heide. Er hätte genug getan für die beiden, auch seine Großzügigkeit hätte Grenzen. Sein Rechtsanwalt hatte ihm nun Hoffnung gemacht, dass alles bald ein Ende hätte.

Zum Glück bekäme er viel Unterstützung von seinem Versicherungsdirektor, erzählte Karsten weiter, für den er schon fast mit zur Familie gehörte. Er würde dort auch öfters übernachten.

Als Karsten fertig war mit seinem Bericht, fragte er

Simone:

„Bist du eigentlich Frühaufsteherin, Simone, oder schläfst du gern etwas länger?"

Verwundert über die Frage antwortete Simone:

„Wenn es möglich ist, schlafe ich gern etwas länger zum Beispiel am Wochenende, aber sonst muss ich häufig früh raus."

„Das passt ja", kam sofort von Karsten, „denn ich stehe gern früh auf. Dann werde ich dir gern jeden Morgen das Frühstück ans Bett bringen", wobei er sie erwartungsvoll anlächelte.

Simone runzelte die Stirn, doch es kam nur ein:

„Aha!" von ihr.

Karsten fiel das offensichtlich nicht auf. Sie unterhielten sich noch eine Weile und tauschten dann ihre Handy-Nummern für WhatsApp Kontakte aus.

Vor dem Mexx verabschiedeten sie sich. Simone hatte ihr Auto auf dem Marktplatz stehen, doch Karsten sagte:

„Ich verabschiede mich schon hier. Mein Auto steht noch bei einem Kunden etwas weiter weg. Ich melde mich per WhatsApp."

Dann nahm er sie kurz in den Arm, hauchte ihr einen Kuss auf die Wange und war weg...

Merkwürdig, warum hat er sein Auto so weit weg geparkt bei einem Kunden?, überlegte Simone. Der Marktplatz war viel näher und wäre doch sicherlich bequemer für Karsten gewesen. Da stimmt doch etwas nicht!

Aber was soll ich mir den Kopf zerbrechen, noch ist nichts passiert. Es wird sich zeigen...

Zu Hause angekommen erhielt sie von Karsten noch einen Gute Nacht-Gruß per WhatsApp. Er bedankte sich für den schönen Abend. Simone schickte einen Gruß zurück.

In den nächsten zwei Tagen kamen immer wieder WhatsApp-Nachrichten von Karsten, was schon bald eher lästig wurde für Simone, weil sie mit ihren alltäglichen Pflichten bereits genug zu tun hatte.

Sie antwortete zwar, jedoch mit knappen Texten. Hat er denn nichts zu tun in seiner Versicherungsagentur?, fragte sie sich kopfschüttelnd...

„Wann sehen wir uns wieder?", kam am nächsten Tag die Frage von Karsten über WhatsApp. „Ich denke oft daran, wie ich dir das Frühstück ans Bett bringe..."

An diesem Tag litt Simone unter höllischen Kopfschmerzen, sie brach daher ihre Arbeit ab, um sich zu Hause auszuruhen.

„Mir geht es heute nicht gut", antwortete sie Karsten auf seine Frage. „Sollte es heute Abend besser gehen, bin ich mit meiner Freundin Babsi verabredet, doch wenn ich weiter diese Schmerzen habe, sage ich auch ihr ab."

„Soll ich nicht zur dir kommen?", fragte Karsten.

„Nein, ich muss mich hinlegen und möchte unbedingt allein sein", sagte Simone genervt.

Später zu Hause nahm sie eine Tablette und legte sich auf die Couch, um zu entspannen.

Zwei Stunden später ging es ihr bereits viel besser, und sie freute sich auf den Besuch von Babsi, die wenig später eintraf.

Auf Simones Handy waren inzwischen mehrere Nachrichten von Karsten eingetroffen. Simone war nur noch verärgert.

Hat dieser Mann denn überhaupt kein Verständnis, wenn man sich mal nicht so gut fühlt? So geht das doch nicht. Sie hatte das Gefühl, dass mit ihm irgend etwas nicht stimmte. Ihre Erfahrungen hatten sie misstrauisch gemacht.

Nach der Begrüßung fragte Babsi besorgt:

„Wie geht es dir Simone? Du siehst sehr blass und abgekämpft aus. Was ist los mit dir?"

Simone erwiderte:

„Ich hatte starke Kopfschmerzen heute Mittag, deshalb bin ich nach Hause gefahren.

Vor zwei Tagen war ich mit einem Mann verabredet, der mich jetzt nur noch nervt. Er hat kein Verständnis dafür, wenn man sich wegen Kopfschmerzen nicht wohl fühlt. Bei unserem ersten Treffen hatte er mir bereits angeboten, mir das Frühstück ans Bett zu bringen. Laufend schickt er WhatsApp-Nachrichten, ich fühle mich schon belästigt. Außerdem schrillen bei mir schon die Alarmglocken!", klärte Simone Babsi auf, "es ist einfach so ein Gefühl, dass mit ihm irgendetwas nicht stimmt."

Babsi sagte augenzwinkernd zu Simone:

"Bei dir ist ja Spannung pur! Kein Wunder, dass dein Körper mit Kopfschmerzen reagiert", und dann lachte sie fröhlich.

Babsi fand immer die richtigen Worte. Schon verschwand der ärgerliche Zug in Simones Gesicht und sie stimmte in ihr Lachen ein.

Etwa fünf Minuten später klingelte Simones Handy. Sie meldete sich und sagte aber kein Wort.

Doch Babsi erkannte an Simones Mimik, dass sie langsam wütend wurde. Dennoch hörte sie sich die Litanei ihres Telefonpartners geduldig zu Ende an.

Bis Simone das Gespräch mit einem knappen, aber sehr ärgerlich klingenden: "Das ist mir nur recht!", beendete.

"Was war das denn?", wollte Babsi wissen.

"Karsten war das. Er hat den Kontakt beendet, will sofort die Handy Nummer löschen, denn ich hätte ja kein Interesse an ihm. Auch gut, dass er mir zuvorgekommen ist. Der Kerl ist nicht normal. Ich möchte nur wissen, welche Leiche er im Keller hat", sagte Simone.

„Komm', lass' uns nicht mehr über diesen blöden Kerl reden. Wir wollen uns doch zwei gemütliche Stunden machen," schlug Babsi vor. Und genau das taten die beiden Freundinnen dann auch.

Wie der Zufall es wollte, bekam Simone schon bald heraus, was mit Karsten los war.

Wenn er je eine Versicherungsagentur gehabt hatte, ist ihm diese recht schnell abhanden gekommen. Simone war in Büsum bei einem Kunden. Sie parkte ihren Wagen am Sky Markt, um rasch noch einige Einkäufe zu erledigen.

Simone stieg gerade aus ihrem Auto , als sie Karsten in einem Smart erblickte, den er gerade vor dem gegenüberliegenden Wohnhaus parkte. Er war leger gekleidet in Jeans und einem blauen T-Shirt. Karsten stieg aus dem Wagen, schloss die Haustür auf und verschwand im Haus. Simone dachte nicht weiter darüber nach und ging in den Supermarkt.

Als sie sich später mit ihren Einkäufen auf den Weg zu ihrem Auto machte, stutzte sie. Im Eingangsbereich stand Karsten hinter einem Promotionstand und pries Schweizer Käse an - aber nicht in Jeans, wie vor 20 Minuten, sondern er präsentierte sich in einer weißen Hose und einem weißen Hemd.

Eifrig pries er den vorbeigehenden Kunden die

verschiedenen Sorten Schweizer Käse an. Im Vorbeigehen bekam Simone mit, dass eine Frau ihn fragte, ob er mit seiner Freundin abends vorbeikommen wollte.

Obwohl Simone sicher war, dass Karsten sie erkannt hatte, zeigte sie keine Reaktion. Sie musste sich jedoch beherrschen, dass ihre Gesichtszüge nicht vor Lachen entgleisten. Erst in ihrem Auto gab sie diesem Zwang nach, wobei ihr die Tränen über die Wangen liefen. Was für eine Vorstellung: Der Herr Versicherungsagent preist Schweizer Käse an!

Eine schöne Agentur war das dieser Promotionstand. Oder war der Käse, den er dort so eifrig verkaufte, etwa ein echter Versicherungsschaden? Peinlich, einfach nur peinlich...

Ihre Vorahnung, dass mit Karsten etwas nicht stimmte, war also bestätigt worden. Vermutlich hatte er damals keine Bleibe und war vorübergehend irgendwo untergekommen. Warum hatte er sonst so betont, dass er mir gern das Frühstück ans Bett bringen möchte? Warum hatte er sich so eingehend nach meiner Wohnungssituation erkundigt? Vermutlich hatte er schon damals ein Dach über den Kopf gesucht. Er hatte wohl Angst, dass er in seinem Smart schlafen musste, dachte Simone. Und der BMW war mit Sicherheit auch erfunden...

Zu Hause brauchte sie erst einmal ihren obligatorischen Becher Kaffee, den sie in kleinen Schlucken an ihrem Schreibtisch genoss, während sie den PC anstellte.

Bei newlove eingeloggt, sah sie, dass eine Nachricht eingetroffen war. Sie machte sie auf und begann zu beben. Es war ein Lebenszeichen von Udo. Ihr Herz raste, ihre Finger zitterten so, dass sie kaum schreiben konnte. Oh mein Gott, hoffentlich geht es ihm gut... Warum meldet er sich erst jetzt nach über acht Wochen? Was war passiert, dachte sie in Panik... Egal, was er schreibt, die Hauptsache ist, dass es ihm gut geht... Dann las sie:

Liebste Simone,

sicherlich wirst du wütend, vielleicht auch fassungslos sein, dass du erst heute wieder etwas von mir hörst. Es ist viel passiert! Du hast mir sehr gefehlt, und ich bin traurig, dass ich dich so lange nicht gesehen habe. Aber du musst wissen, dass ich niemals aufgehört habe, an dich zu denken.
Auf meinem Rückweg von Meldorf nach Rendsburg ist mir einige Kilometer nach Tellingstedt ein Reh vor das Auto gelaufen. Ich wollte ausweichen, aber vielleicht habe ich zu spät reagiert. Ich hatte zwar abgebremst, doch dann bin ich mit immer noch

hoher Geschwindigkeit schleudernd eine Böschung heruntergerast und habe mich mit dem Wagen überschlagen, mehr weiß ich nicht...

Erst Stunden später hat man mich gefunden und in die Imland Klinik nach Rendsburg gebracht. Außer einer schweren Gehirnerschütterung war der linke Oberschenkel gebrochen, ebenso der linke Unterarm. Mehrere Operationen folgten in der Klinik. Durch die Gehirnerschütterung war ich einige Tage nicht ansprechbar und nach den verschiedenen Eingriffen hat man mich mit Medikamenten ruhig gestellt.

Als ich dann nach über einer Woche wieder einigermaßen klar war, wollte ich mich bei dir melden - mit dem Gedanken, dass du mich besuchst. Doch mein Handy war weg, auch bei meinen persönlichen Sachen hat man es nicht gefunden. In meinem Handy war alles gespeichert, ich hatte also keine Möglichkeit, mich mit dir in Verbindung zu setzen.

Nach der Entlassung aus dem Krankenhaus bestand meine Frau darauf, dass ich die Reha in Halberstadt mache. Somit war ich mal wieder unter ständiger Beobachtung. Die Kontrolle war wichtig für meine Frau, doch in dieser Situation fehlte mir -wie immer- die Wärme und Anteilnahme, die ich von dir kenne. Erst sehr viel später konnte ich mir ein neues

Handy kaufen. Nun konnte ich zwar wieder telefonieren, aber ich hatte deine Nummer nicht - und auch nicht die Zugänge für newlove. Die Zugangsdaten waren in Rendsburg.

Letzte Woche habe ich mir ein neues Auto gekauft, da der Citroen verschrottet werden musste. Seit gestern bin ich wieder in Rendsburg in meiner Wohnung. Morgen gehe ich erstmals wieder ins Büro. Am kommenden Wochenende werde ich nicht zu meiner Familie fahren. Ich bleibe in Rendsburg, denn es ist mir im Moment zu anstrengend, jede Woche nach Halberstadt zu fahren. Vorerst werde ich mich nur alle 14 Tage dort sehen lassen.

Ich möchte so furchtbar gern das Wochenende mit dir verbringen, dich in meinen Armen halten und lieben. Nachholen, was wir versäumt haben. Oh Simone, wie habe ich dich vermisst! Ich hoffe, du hast mich nicht vergessen und hast auch ein wenig Sehnsucht nach mir? Ich kann es kaum erwarten, etwas von dir zu hören und hoffe, dass es dir rundum gut geht. Bitte melde dich so schnell wie möglich...

Liebe, ganz innige Grüße
dein Udo

P.S.
Bitte schicke mir deine Handy-Nummer auf mein

neues Smartphone. Anbei noch meine private Mail Adresse.

„Oh mein Gott", murmelte Simone total aufgewühlt, dabei liefen ihr die Tränen über die Wangen.

Doch dann jauchzte sie vor Freude, dass Udo sich gemeldet hatte und sie ihn bald wiedersehen würde. Das kommende Wochenende gehörte ihnen. Und sie würde alles tun, um es ihm gemütlich zu machen, damit er sich auch ein wenig erholen kann. Selbstverständlich hinderte sie nichts daran, mit ihm die Zeit zu verbringen.

Es ist ein gestohlenes Glück, hielt sie sich erneut vor Augen, denn seine familiäre Situation hatte sich nach wie vor nicht verändert. Frau, Kinder und Haus! Und dann der Altersunterschied von 17 Jahren! Auch das könnte später zum Problem werden. In Bezug auf Lebenserfahrung, Gelassenheit und Verständnis konnte sie punkten, auch mit ihrer positiven Einstellung zur körperlichen Liebe. Das alles vermisste Udo an seiner Frau.

Verflixt, warum bin ich nicht zehn Jahre jünger, dann würde ich um Udo und um eine gemeinsame Zukunft kämpfen. Unsinn, verwarf sie diese Gedanken gleich wieder, denn in den letzten zehn Jahren war sie erst die Frau geworden, die sie heute war. Die Wechseljahre hatten bei ihr kaum negative

Begleiterscheinungen verursacht, wie das häufig bei anderen Frauen vorkam. Auch ihre Psyche war total stabil.

Sollte sie Udo jetzt anrufen? Oder eine WhatsApp schicken, fragte sich Simone. Nein, sie wird ihm schreiben, so konnte sie ihre Gefühle besser zum Ausdruck bringen, ohne unterbrochen zu werden. Aufgeregt war sicherlich nicht nur sie. Der Entschluss war gefasst, also schrieb sie Udo eine Mail:

Mein lieber Verschollener,

ich bin total ergriffen von deiner Nachricht, aber froh und glücklich, dass du dich endlich gemeldet hast. Es war mir ein Rätsel, dass ich nichts von dir hörte, denn das passte gar nicht zu dir. Diese Stunden, die wir verbrachten, unsere Zweisamkeit, die harmonisch, liebevoll und lustvoll war... Mein Gefühl sagte mir, dass ich mich, im Rahmen unserer Möglichkeiten, absolut auf dich verlassen konnte.
Das vergebliche Warten auf eine Nachricht von dir verwirrte mich, machte mich unglücklich und wütend. Wochenlang lebte ich in einem ewigen Auf und Ab, gequält von Verzweiflung und Hoffnung, bis ich mich einigermaßen fangen konnte. Einerseits hatte ich immer noch dieses unglaubliche

Glücksgefühl in mir, das ich nur in deinen Armen spürte, und andererseits musste ich mit deinem für mich unverständlichen Schweigen fertig werden.

Wie geht es dir jetzt? Hast du dich von deinem Unfall wirklich wieder ganz erholt? Wenn ich davon gewusst hätte, wäre mir bestimmt etwas eingefallen, um dich zu sehen und dir Beistand zu leisten. Es ist wirklich sehr traurig, dass deine Frau die Gelegenheit nicht nutzt, um euer Verhältnis wieder etwas zu festigen. Auf der anderen Seite ist es gut so, denn dann hätte ich vielleicht nie mehr von dir gehört.

Egal was kommt, das ganze Wochenende soll nur uns gehören. Soll ich am Freitag zu dir kommen? Vermutlich möchtest du auf keinen Fall an der Unfallstelle vorbeifahren? Ich freue mich sehr auf dich und kann es kaum erwarten. Ich mag dich sehr!

Liebe Grüße und viele Küsse
Simone

Fünf Tage noch, überlegte Simone, aber fünf Tage konnten auch zur Ewigkeit werden, so kam es ihr vor. Vom Gefühl her würde sie sich am liebsten sofort ins Auto setzen und nach Rendsburg fahren, doch das hätte keinen Sinn. Udo musste beruflich bestimmt einiges erledigen, weil sich während seiner

Abwesenheit viel Arbeit angesammelt hatte, die nur durch ihn erledigt werden konnte.

Auch sie hatte noch einiges auf dem Plan, fiel Simone ein. In ihrer Trauer und Unsicherheit um Udo hatte sie in den letzten Wochen einige Sachen vor sich hergeschoben, die sie nun unbedingt anpacken musste. Sie beschloss, bis Donnerstag jeden Tag länger zu arbeiten, dann hatte sie ab Freitag Mittag frei. So würde sie früher nach Rendsburg fahren können.

Trotz der vielen Arbeit, die oft bis in die Abend-stunden dauerte, kam Simone die Zeit bis zum Freitag endlos vor. Oh, immer noch zwei Tage! Da Geduld noch nie ihre Stärke gewesen war, fiel es ihr besonders schwer, auf den Freitag zu warten.

Endlich war es so weit! Simone packte ein kleinen Koffer für das Wochenende zusammen, nahm noch zwei Flaschen Sekt mit, dann ging es ab zu Udo. Sie konnte es kaum erwarten, nach Rendsburg zu kommen.

Verflixt auch das noch, schimpfte sie vor sich hin, als sie in Norderstedt wegen eines Unfalls mit vorübergehender Straßensperrung, etwas länger warten musste.

Um 17 Uhr stand sie dann endlich vor dem Haus, in dem Udo wohnte. Simone war etwas unsicher und vorsichtig, denn sie kannte die Situation im Haus und mit den Nachbarn nicht. Was wussten diese über Udo? Vielleicht hatte ihn seine Frau irgendwann einmal besucht. Unnützes Gerede wollte sie vermeiden. Ihre Sorge war allerdings unbegründet, denn Udo hatte sie schon gesehen und kam ihr entgegen.

Blass sieht er aus und schmal ist er geworden, schoss es ihr durch den Kopf, doch da nahm er sie schon in den Arm und gab ihr einen Kuss auf die Wange.

„Hallo Simone, ich habe mich so sehr auf dich gefreut. Endlich bist du da."

„Hallo Udo, ja endlich", mehr konnte sie vor Aufregung nicht sagen.

„Hast du kein Gepäck?", wollte er wissen.

„Doch, das ist noch im Auto", antwortete sie und sah ihn unentwegt an.

„Lass es uns doch gleich mitnehmen, auf was wollen wir warten", entschied Udo. „Du willst doch nicht etwa wieder umkehren?", lachte er Simone an.

Verneinend schüttelte sie den Kopf und lächelte.

In der Wohnung angekommen, stellte er den Koffer ab, nahm Simone die Handtasche ab und legte sie auf den Dielenschrank. Sie sah das Glitzern in seinen Augen...

Dann lag sie auch schon in seinen Armen und gab ihren Gefühlen nach. Er küsste sie fordernd und leidenschaftlich. An seinen Körper geschmiegt erwiderte sie seine Küsse und Zärtlichkeiten.

Wenig später saßen sie auf der Couch und tauschten ihre Erlebnisse der letzten Wochen aus. Den Arm um sie gelegt, fing Udo mit ernster Miene an, ihr alles zu erzählen.

„Ich weiß bis heute noch nicht ganz genau, wie der Unfall passiert ist, Simone. Während der Fahrt dachte ich die ganze Zeit an dich und unsere schönen Stunden. Vielleicht habe ich daher das Reh zu spät gesehen, doch plötzlich war es da. Ich bin etwa 100 Stundenkilometer gefahren, also auch nicht zu schnell für diese Strecke. Ich bremste ab und riss das Lenkrad nach rechts, dann erinnere ich mich nur dunkel an die Böschung und das Überschlagen. Dann wurde es schwarz...

Erst nach einer Woche, die Operationen lagen bereits hinter mir, wurde ich einigermaßen wieder klar. Ich hatte Gips an Arm und Fuß und stand immer noch unter starken Schmerzmitteln. Simone, mir war bewusst, dass du auf ein Lebenszeichen von mir warten würdest, doch ich hatte keine Möglichkeit, mich mit dir in Verbindung setzen. Es hat mich halb verrückt gemacht, nichts tun zu können. Mein Handy war weg! Vielleicht hatte es meine Frau einfach verschwinden lassen, denn sie war gleich nach dem Unfall nach Rendsburg gekommen.

Die Zeit nach der Klinik, die Reha, das alles war sehr schlimm für mich, Simone. Nur aus den Erinnerungen an dich und aus der Zuneigung meiner Kinder konnte ich Kraft schöpfen. Schon zwei Tage bevor ich die Reha verlassen hatte, habe ich mir das neue Auto und ein Handy gekauft. Oh, ich mag dich so sehr, Simone. Du glaubst nicht, wie ich dich vermisst habe", schloss er seinen Bericht und küsste sie zärtlich auf den Mund.

„Du hast mir so gefehlt, Udo. Einige Wochen lang war ich total konfus", gestand Simone mit bewegter Stimme und schlang heftig die Arme um ihn, als wollte sie ihn nie mehr loslassen.

Udo stöhnte auf, küsste sie, dann glitten seine Lippen über ihren Hals, seine Hände wanderten fordernd unter ihr Shirt und befreiten sie mit geübten Griffen von BH und Bluse. Sein Mund glitt tiefer und saugte abwechselnd an ihren Brustwarzen. Sie stöhnte und wand sich vor Lust in seinen Armen, während ihre Hände ebenfalls auf Wanderschaft gingen. Sie löste die Knöpfe seiner Hose, die bereits durch seine Erregung enger wurde.

Udo zog Simone mit einem Griff Hose und Slip aus, die auf den Boden glitten. Auch Simone hatte ihr Ziel erreicht und seinen Unterkörper entblößt. Er hielt kurz inne und zog sich dann schnell sein Sweatshirt über den Kopf.

Udo beugte sich erneut über sie, seine Lippen wanderten abwärts über ihren Nabel und ihre Lenden. Dann spreizte er ihre Beine. Er glitt tiefer mit dem Kopf und sein Mund bearbeitete intensiv den Punkt, der kurze Zeit später bei ihr in einem heftigen Orgasmus endete, wobei sie lustvolle Schreie ausstieß.

Schwer atmend lag sie in seinen Armen und bebte, doch sie wollte mehr - und sie spürte, dass er ebenfalls wollte. Sie zog ihn auf sich und er drang langsam und kraftvoll in sie ein. Rhythmisch und voller Leidenschaft gaben sie sich dem Liebesspiel hin, das für beide gleichzeitig mit einem heftigen Orgasmus endete. Ermattet lagen sie danach eng umschlungen auf dem Sofa und schliefen ein.

Udo war zuerst wach, küsste sie und flüsterte ihr ins Ohr:

„Komm', meine Schlafmütze, lass' uns duschen. Mein Magen knurrt, ich habe Hunger. Wollen wir danach zum Essen gehen."

„Gute Idee, Udo", antwortete Simone und streckte sich genussvoll. Auf dem Weg ins Bad neckten sie sich.

Unter laufendem Wasser schäumten beide sich gegenseitig ein, bespritzten sich und alberten herum wie Kinder.

Dann zogen sie sich an und gingen los. Hand in

Hand schlenderten sie durch die Innenstadt und kehrten dann in der Alten Markthalle am Altstädter Markt ein. Liebe macht hungrig! Sie bestellten sich Wiener Schnitzel mit Bratkartoffeln und tranken einen trockenen Weißwein dazu.

„Jetzt bin ich aber satt", sagte Simone nach dem letzten Bissen.

Udo lachte: „Mein Magen ist gefüllt, das Essen hat mich zwar satt gemacht, aber du noch lange nicht, Simone. Lass' uns noch ein wenig durch die Stadt spazieren. Dann verhandeln wir über das Dessert", schlug er vor und sah sie schmunzelnd an.

„Du kannst dir sicherlich denken, was ich mir zum Nachtisch wünsche", fuhr er fort und stupste sie mit dem Fuß unter dem Tisch an.

„Ich könnte mir vorstellen, dass wir den gleichen Wunsch haben. Ach Udo, es gibt schließlich noch immer Nachholbedarf", war Simones Antwort.

Die Stimmung war ausgelassen unterwegs, sie genossen ihre Zweisamkeit und freuten sich über die nächsten Stunden. Ihre gemeinsame Zeit war nur kurz, das wussten beide. Deshalb genossen sie sie umso intensiver.

Das nächste Wochenende würde Udo wieder bei seiner Familie in Halberstadt verbringen. Über Simones Gesicht zog ein Schatten, doch sie sagte sich: Sei zufrieden mit dem, was du hast, denn du weißt, dass es für dich keine Zukunft gibt. Genieße den Moment!

In seiner Wohnung angekommen öffnete Udo eine Flasche Sekt, um feierlich mit ihr anzustoßen. Doch Simone hatte etwas auf dem Herzen, deshalb fragte sie ihn ganz offen:

„Udo, hast du eigentlich schon einmal darüber nachgedacht, dich doch von deiner Frau zu trennen? Auch, wenn ihr beide versucht, euren Kindern eine heile Familie vorzuspielen, das funktioniert nicht. Euer Nachwuchs ahnt garantiert, dass es zwischen euch nicht stimmt. So war es damals auch bei meinen Töchtern und meinem Sohn. Ich war sehr überrascht, wie viel sie von unseren Problemen mitbekommen hatten."

„Du hast ja Recht, Liebling. Doch da ist ja noch das Haus. Ich würde den Kindern ihr Zuhause nehmen, denn bei einer Scheidung müsste alles geteilt und aufgelöst werden. Das wäre furchtbar für meine Kinder", erklärte Udo ernst.

„Das ist mir klar", entgegnete Simone. „Bei deiner Trennung denke ich vorrangig gar nicht an mich, sondern an dich. Ich denke, dass wir beide bestenfalls zehn Jahre zusammenbleiben würden. Danach würde wohl mein Alter gewiss eine Rolle spielen. Die 17 Jahre Altersunterschied zwischen uns sind nun mal da. Überleg' doch einmal, Udo - was deine Situation anbetrifft, so hast du voraussichtliche noch eine Lebenserwartung von etwa 35 Jahren. Willst du die ganze Zeit an eine Partnerin gebunden sein, der du gleichgültig bist, die nur auf ihren Vorteil bedacht ist?"

Nachdenklich und mit gefurchter Stirn antwortete Udo:

„Glaub' mir, Simone, genau das halte ich mir sehr oft vor - besonders nach meinem Unfall. Durch die damit verbundene Untätigkeit hatte ich sehr viel Zeit zum Nachdenken. Zu einem Ergebnis bin ich aber noch nicht gekommen", schloss er.

„Aber etwas möchte ich doch noch klarstellen," fuhr Udo fort.

„Es geht um dein Alter. Glaub' mir, Liebling, das spielt überhaupt keine Rolle für mich. Du strahlst so viel Jugendlichkeit aus. Und deine ganz persönliche Art, wie du dich gibst, ist jung, aktiv und wirkt auf andere sehr attraktiv.

Natürlich spielt es auch eine Rolle, dass du dich sehr pflegst, auf deinen Körper achtest und Sport treibst.

Ich glaube, es gibt nicht viele Frauen, die so mit diesen positiven Eigenschaften ausgerüstet sind wie du. Du wirst auch mit 80 Jahren noch jugendlich wirken. Das liegt an deiner ganzen Lebensein-stellung und an deiner Natur.

Als ich dein Alter erfahren habe, wollte ich es nicht

glauben. Du erinnerst mich sehr an meine Großmutter väterlicherseits. Sie war wie du stark, liebevoll und immer für uns alle da. Wir, ihre Familie, waren ihr Lebensinhalt. Sie war für uns alle der Fels in der Brandung, und das machte sie glücklich. Sie ist 89 Jahre alt geworden, wirkte aber durch ihre positive und jugendliche Art sehr viel jünger.

Ich muss viel an dich denken, Simone, also mach' dir bitte keine Gedanken über den Altersunterschied zwischen uns. Der spielt überhaupt keine Rolle. Deshalb sollten wir uns mit diesem Thema nicht mehr befassen, mein Herz", schloss Udo und nahm Simone zärtlich in seine Arme.

Simone war sehr bewegt über seine Offenheit. Aber sie verstand auch seine Sorgen wegen der Kinder und sprach dieses Thema danach nicht mehr an.

Sie wollte Udo einen unvergesslichen Abend bereiten. Deshalb prostete sie ihm mit ihrem Glas Sekt zu und erzählte ihm von ihren Kundenbesuchen, die so manches Mal sehr humorvoll verliefen.

Nachdem der Tisch abgeräumt und die Gläser gespült waren, zog Udo sie zu seinem Bett. Es stand abgetrennt vom Wohnraum in einer Nische. Glücklicherweise war das Bett breiter als die Couch...

„Du bist die erste Frau, die dieses Bett mit mir teilt",

flüsterte Udo ihr ins Ohr und fing an, sie zu entkleiden, wobei auch sie sich an seinen Sachen zu schaffen machte. Endlich nackt, ließen Udo und Simone sich lachend aufs Bett fallen, streichelten sich gegenseitig zärtlich und kamen dann recht schnell zur Sache, denn sie hatten viel, sehr viel nachzuholen.

Am Samstag schliefen Simone und Udo lange, duschten gemeinsam und frühstückten bei einem nahegelegenen Bäcker. Simone gefiel Rendsburg sehr gut, daher bat sie Udo, mit ihr einen Bummel durch die Fußgängerzone zu machen, um vielleicht auch ein wenig zu shoppen. Simone streifte gern durch Geschäfte und auch Udo hatte Spaß daran.

Vor einem eleganten Dessous-Laden blieb Udo stehen.

„Komm', lass' uns reingehen, Simone, und etwas Hübsches für dich aussuchen", forderte Udo sie auf. Warum nicht, dachte Simone und folgte ihm ins Geschäft.

Kritisch sah er sich die einzelnen Dessous an, nahm das eine oder andere Teil vom Ständer und hielt es Simone an. Es dauert jedoch einige Zeit, bis Udo endlich etwas gefunden hatte, das er an Simone sehen wollte. Es war ein langes, schwarzes Kleid aus Spitze, das ihm besonders gut gefiel. Der Ausschnitt war tief und an der Seite hatte das Kleid einen langen

Schlitz. Super, dachte Simone, ich sehe wirklich toll darin aus. Sie ließ es zu, dass Udo es für sie kaufte. Er nahm ihr das Versprechen ab, es gleich nach ihrer Rückkehr in seine Wohnung anzuziehen.

Sie bummelten noch ein wenig weiter, hielten mal hier und mal dort an. Simone erstand für ihre Enkelkinder noch einige Kleinigkeiten.

Inzwischen war es bereits Nachmittag geworden. Sie aßen nach dem Shoppen noch in einem Asia Restaurant, bevor sie sich auf den Rückweg zu Udos Wohnung machten.

Versprochen ist versprochen! Simone ging mit dem Spitzenkleid ins Bad.

„Du kommst jetzt aber nicht gleich nach", sagte sie schelmisch lächelnd zu ihm, „die Überraschung für dich wird größer, wenn ich aus dem Bad komme."

Simone duschte rasch, cremte sich mit Body-lotion ein, sprühte einen Hauch von ‚Eros pour Femme' auf ihren Körper und schlüpfte dann in das durchsichtige, verführerische Spitzenkleid.

Als sie aus dem Bad kam, saß Udo auf dem Sofa und sah sie gebannt an. Dann stand er langsam auf, ging auf sie zu und riss sie stürmisch in seine Arme, um sie zu küssen. Er schob sie auf das Bett und flüsterte berauscht:

„Simone, du bist umwerfend und machst mich wahnsinnig!"

Die beiden Liebenden verbrachten noch innige Stunden voller Liebe und Zärtlichkeit bis Simone am Sonntagabend nach Meldorf zurückfahren musste. Udo nahm sie in die Arme und verabschiedete sich wehmütig von ihr. Denn sie konnten sich erst in 14 Tagen wiedersehen. Hoffentlich passiert nicht wieder etwas, das ihr Treffen nichtig machte, dachte Simone besorgt.

Aber dann verscheuchte sie die negativen Gedanken und trat beschwingt die Heimfahrt an. Sie war unendlich glücklich über das wunderschöne Wochenende, das sie mit Udo verbracht hatte. Wehmütig bedauerte sie, dass es schon zu Ende war. Warum nur vergehen glückliche Stunden so besonders schnell? fragte sie sich.

Noch vor wenigen Tagen hatte Simone die Hoffnung aufgegeben, Udo jemals wiederzusehen. Und jetzt hatte sie mit ihm ein traumhaftes Wochenende voller Zärtlichkeit und Leidenschaft verbracht. Mehr Glück kann eine Frau gar nicht erleben, dachte Simone dankbar.

Die 11 Tage bis zu unserem Wiedersehen werden auch rasch vergehen. Die Arbeit wird mir helfen. Vielleicht, beschloss Simone, werde ich nächstes Wochenende zu Bella fahren, denn ich habe meine Tochter schon länger nicht mehr gesehen. Ein Besuch wird mich ablenken, aber natürlich möchte ich auch den kleinen Jannick wiedersehen.

Spät abends lag Simone im Bett und konnte nicht einschlafen. Während sie sich unruhig hin und her wälzte fragte sie sich: Was mache ich eigentlich? Ist meine Verbindung zu Udo das, was ich wirklich will? Das musste sie klar verneinen. Udo hatte ihr ganz ehrlich gesagt, dass eine Trennung für ihn nicht in Frage kommt. Simone war sich sicher, dass Udo neben der starken erotischen Anziehungskraft auch eine zärtliche Zuneigung für sie empfand. Das spürte sie an den vielen liebevollen Gesten von ihm.

Ihre Gefühle für ihn waren stärker, was sie eigentlich nicht beabsichtigt hatte. Beiden hatte die körperliche Liebe in ihrem Leben gefehlt, und damit hat es angefangen. Außerdem gab es einige gemeinsame Interessen und Ansichten, die neben der körperlichen Anziehungskraft ihr Beisammensein so spannend machten.

Ich lasse es so weiter laufen, denn ich freue mich und bin rundum glücklich, wenn ich ihn sehe und bei ihm bin, sagte sie sich. Trotzdem kann es nicht schaden, die Augen bei newlove offen zu halten. Mit diesem Entschluss wurde sie ruhiger und schlief ein.

Am nächsten Tag begann die neue Arbeitswoche. Heute fällt es mir richtig schwer, mich mit den Kunden zu befassen, dachte Simone, weil sie zu wenig geschlafen hatte. Energisch motivierte sie sich. Udo bekam noch eine liebevolle WhatsApp Nachricht, und dann fuhr sie zu ihrem ersten Kunden.

Das Schicksal meinte es heute gut mit ihr, denn der Tag verlief reibungslos. Für einen Montag war auf den Straßen glücklicherweise nicht so viel los wie sonst. Deshalb kam Simone gut voran.

Jetzt schreibe ich Udo erst einmal eine kurze Nachricht, nahm sie sich vor, als sie wieder zu Hause war. Dann wollte sie sich ein wenig mit newlove beschäftigen. Bevor sie jedoch dazu kam, erreichte sie eine Nachricht von Robert.

Hallo Simone,

ich habe lange nichts von dir gehört. Geht es dir gut? Mache mir schon ein wenig Sorgen. Melde dich doch mal wieder.

Liebe Grüße
Robert

Schmunzelnd schrieb Simone zurück.

Hallo Robert,

keine Sorge, es geht mir recht gut. Ich hatte nur sehr viel um die Ohren, daher habe ich mich nicht gemeldet. Doch ich werde mich bessern...

Liebe Grüße
Simone

Es ist bestimmt sinnvoll, wenn ich ihm nichts von Udo schreibe. Obwohl uns ja nur eine reine Freundschaft verbindet, ist es bestimmt besser, wenn ich das verschweige, da war sie sich sicher.

Dann setzte Simone sich an ihren Schreibtisch, um zu sehen, was sich bei newlove getan hatte.

Für sie waren mehrere erhobene Daumen eingetroffen, außerdem hatte sie einige Besucher und zwei Nachrichten.

Eine kam von einem DalleKalle, 53 Jahre alt, 176 cm groß, Tätowierung, Raucher, natürlich einzigartig. Einzigartig war auch sein Begrüßungstext:

Ich bin Dalle53jahre.Ralle, mein Hundi, aus Wangerland und suche Flirt, beziehung,und Freundschaften im alter von 40 bis 60.jahren. Weinachten. alleine ist nicht schön.

Mal sehen, wie er aussieht? Simone war gespannt. Aha, das Foto passte. Hässlich war er nicht, doch sie sah an seinen Gesichtszügen und dem etwas einfältigen Blick, dass sie hier nicht den hellsten Zeitvertreter vor sich hatte. Auf seine Nachricht war sie jetzt gespannt und klickte sie an.

Er schrieb:

Du wirst imer hübscher von tag zu tag wulen wir nicht Mal wohts äb machen ich stehe vol auf dich

Ein Name stand nicht dabei...

Das gibt es doch nicht, murmelte Simone. Der traut sich was, er hatte ihr Profil ganz gewiss nicht gelesen, sonst hätte er vermutlich nicht geschrieben. Bei ihm war es nicht nur Legasthenie, sondern man hatte ihm vermutlich nur einen äußerst niedrigen IQ in die Wiege gelegt...

Frustriert beschäftigte Simone sich mit den Männern, die nur ihr Profil besucht, aber keine Reaktion hinterlassen hatten.

Ein Profil sah auf den ersten Blick recht interessant aus, doch als sie sich näher damit beschäftigte, ließ ihr Interesse sofort nach. Der Mann sah gut und sympathisch aus, stellte sie fest, doch er wies gleich in seinem Begrüßungstext auf Eigenarten hin, die sie gar nicht leiden konnte: Charakterstark und dominant, so beschrieb er sich selbst!

Mit charakterstarken Männern kann ich ja gut umgehen, das erwarte ich sogar, doch Dominanz geht gar nicht. Auf Augenhöhe begegnen, das ist für mich relevant, ich brauche keinen Mann, der mich dominiert. Womöglich noch die Peitsche schwingt, damit ich das mache, was er will!

Die anderen Männer, die ihr Daumen geschickt hatten, waren auch nicht interessant, dennoch war sie höflich und schickte einige zurück.

Dann las sie eine Nachricht von einem Jakob62. Oh, der hat ja auch einen Daumen geschickt, sah Simone. Mal sehen, was er schreibt:

Hallo Lalila,

sicher hast du die Worte „du gefällst mir" schon oft gehört, doch du gefällst mir wirklich. Dein Äußeres und deine Ausstrahlung sprechen mich einfach an. Da ich mich zu Frauen hingezogen fühle, die etwas mehr als nur ein nettes Aussehen vorweisen können, denke ich, wir sollten uns kennen lernen. Was meinst du?

Herzliche Grüße
Jakob

Im Profil las sie:

Gebildeter Mann mit Tiefgang und Humor sucht große Frau mit Individualität, Humor und weiblichen Formen. Jakob ist 187 cm groß, 60 Jahre alt, selbständig. Interessen: Sport, Musik, Kunst, Bücher und mehr, was auch Simones Interessen entsprach.

Sie musterte eingehend sein Foto. Es war ein Brustbild. Graue Augen mit klarem Blick, braune Haare mit weißen Schläfen, eine gerade, ein wenig große Nase, gut geformte Lippen und ein kräftiges Kinn. Angenehm!
Und Udo, hielt sie sich gedanklich vor. Na ja, bis jetzt ist ja noch nichts passiert. Einfach abwarten, wie sich alles entwickelt. Sie musste eben auf Zeit spielen...
Was antworte ich Jakob jetzt, fragte sie sich und runzelte die Stirn, denn so einfach war das nicht. Trotz der Aussichtslosigkeit war sie emotional sehr stark mit Udo verbunden. Auf jeden Fall will ich Jakob antworten, entschloss sie sich spontan.

Hallo Jakob,

danke für deine Nachricht und für dein nettes Kompliment. Deinem Wunschbild scheine ich wohl teilweise zu entsprechen. Was ich von dir lese, deckt sich auch in etwa mit meinen Vorstellungen. Wie du aus meinem Profil bestimmt entnommen hast, wohne ich in Meldorf. Du wohnst in Pinneberg, die Entfernung ist etwa 100 km. Ich bin mindestens einmal in der Woche geschäftlich in Hamburg, dann könnten wir uns auf meinem Rückweg treffen. Du müsstest etwa drei Wochen warten, denn in nächster Zeit habe ich sehr viel zu tun und fahre dann nicht Hamburg.

Liebe Grüße
Simone

Nun ja, Jakob habe ich jetzt erst einmal hingehalten. Also nun heißt es abwarten, was sich ergibt. Anschließend sah sich Simone noch einige Profile an, doch ihr gefiel keins. Sie fuhr schon zweigleisig, im Moment reichte das vollkommen. Mehr wäre einfach zu viel.

Ihr Telefon klingelte, es war wieder einmal Babsi, die gerade aus dem Urlaub zurückgekommen war.

„Hallo Simone wie geht es dir?", wollte sie wissen.

„Es geht mir besser Babsi, denn Udo ist wieder aufgetaucht", antwortete Simone.

„Was war los mit ihm, warum hat er sich so lange nicht gemeldet?", fragte Babsi interessiert.

Simone erzählte ihr die ganze Geschichte und musste einige Zwischenfragen von Babsi beantworten. Die war erschüttert und als Simone geendet hatte, sagte sie mitfühlend:

„Das ist ja echt tragisch, was da passiert ist, Simone, doch es hat ja für euch ein gutes Ende genommen."

„Vorübergehend ist alles bestens, auch das Wochenende mit ihm war wunderschön, aber es ist eben nichts mit Zukunft. Er wird sich nicht von seiner Frau trennen, darüber haben wir gesprochen. Und der Altersunterschied zwischen uns kommt erschwerend hinzu. Selbst wenn er sich von seiner Frau trennen würde, länger als zehn Jahre könnte unsere Beziehung nicht halten, Babsi. 17 Jahre kann man nicht einfach wegdiskutieren", seufzte Simone.

„Erzähle mir lieber, wie war dein Urlaub, Babsi?" wechselte Simone rasch das Thema.

„Auf Malta war es wunderschön. Bernd und ich haben mehrere Bootsausflüge gemacht. Die Nachbarinsel Gozo haben wir besucht, waren dort schwimmen und schnorcheln. Und in Valetta haben wir uns alles angesehen und dann noch Einkäufe in den Nobelboutiquen gemacht," schloss Babsi ihren Bericht.

„Es freut mich, dass es euch gefallen hat", sagte Simone. „Ich werde wohl demnächst nach Griechenland fliegen, weiß jedoch noch nicht genau wohin. Allein ist es eben nicht so schön. Wahrscheinlich werde ich mir einen Club aussuchen, in dem hauptsächlich Singles Urlaub machen. Udo macht natürlich mit seiner Familie Ferien, anders geht es wohl nicht", sagte Simone.

Babsi spürte die Enttäuschung von Simone, doch helfen konnte sie ihrer Freundin nicht. Sie fragte daher schnell:

„Wollen wir uns morgen Abend nicht irgendwo zum Essen treffen? Was meinst du, Simone?"

Diese Abwechslung war jetzt genau richtig für Simone, daher stimmte sie gleich freudig zu.

„Wo wollen wir uns treffen, wo wollen wir hingehen?", war Simones Frage an Babsi.

„Ich möchte gern wieder einmal jugoslawisch essen. Was hältst du vom ‚Jugoslavia? Die Küche dort ist erstklassig, und auch die Preise stimmen", schlug Babsi vor.

Simone war damit einverstanden und freute sich auf den morgigen Abend.

„Wann wollen wir uns treffen, Babsi?", fragte sie noch rasch.

„Passt dir 19 Uhr, Simone?"

Simone war einverstanden und Babsi bot an, einen Tisch zu bestellen. Das Restaurant war immer gut besucht, und sie wollte einen guten Platz haben.

Am nächsten Tag machte sich Simone 20 Minuten

vor dem vereinbarten Termin auf den Weg zum „Jugoslavia'.

Da sie gern einen guten Wein zum Essen trank, ließ sie ihr Auto stehen und ging zu Fuß. Ihren Führerschein wollte sie nicht riskieren und außerdem tat die frische Luft ihr gut.

Fast gleichzeitig, jeder aus einer anderen Richtung, kamen Babsi und Simone vor dem Restaurant an und begrüßten sich mit einer herzlichen Umarmung. Der Oberkellner im Restaurant, der sie kannte, führte die beiden Damen zu dem reservierten Tisch in einer gemütlichen Ecke. Die Karte brauchte er ihnen gar nicht zu bringen. Sie waren oft in diesem Restaurant und bestellten sich beide einen Balkanteller und dazu einen trockenen Wein.

Die beiden Freundinnen hatten sich viel zu erzählen und freuten sich, zusammen zu sein. Die Stimmung war ausgelassen und heiter. Plötzlich hatte Simone eine spontane Idee:

„Babsi, kannst du dir kurzfristig ein paar Tage frei nehmen? Du bist zwar erst 14 Tage aus deinem Urlaub zurück, doch wenn du dir Donnerstag und Freitag Urlaub nehmen kannst, könnten wir einen Städtetrip machen."

Abwartend sah Simone Babsi an, die noch überlegte.

„Was hast du denn vor, Simone?"

Diese lachte schelmisch und sagte:

„Was hältst du davon, mit mir nach Danzig zu fliegen? Ich liebe diese Stadt. Die herrliche Altstadt, die urigen Lokale an der Moldau und das Krantor", schwärmte Simone. „Wenn wir so kurzfristig keinen Flug bekommen, fahren wir eben mit dem Auto und wechseln uns beim Fahren ab."

Begeistert von Simones Euphorie überlegte Babsi kurz: „Eigentlich müsste es klappen. Ich schicke dir morgen im Laufe des Tages eine WhatsApp Nachricht."

Simone sah sich schon durch Danzig schlendern und wurde gleich aktiv. Sie holte ihr Handy aus der Handtasche und suchte nach Flügen ab Hamburg.

„Toll" rief sie aus und strahlte, „es gibt noch Flüge am Donnerstag hin und am Sonntag von Danzig zurück. Das muss einfach klappen. Morgen telefoniere ich mit meinem Chef, der gibt mir bestimmt sein OK", gab sich Simone siegesgewiss.

Babsi ließ sich die Flugdaten geben und schrieb sofort eine Mail an ihren Chef. Angetan von dieser Idee schrieb Simone ebenfalls an ihren Vorgesetzten. Kurze Zeit später bekamen die beiden Frauen überraschender Weise die Zusage von ihren Arbeitgebern.

Simone reservierte umgehend die Flüge.

„Das müssen wir begießen", kam freudig von Babsi und sie bestellte bei dem Kellner Wein, doch jetzt eine ganze Karaffe. Gut gelaunt prosteten sie sich zu, als Simone einfiel, dass sie ja auch noch eine Unterkunft brauchten.

„Oh Babsi, auf dem Flughafen wollen wir ja nicht schlafen, die Stühle in der Wartehalle sind zu unbequem", lachte Simone. „Ich muss noch schnell etwas für uns suchen."

Rasch holte sie ihr Handy wieder aus der Handtasche und rief die Seite eines großen Bettenportals auf. In einer Stadt wie Danzig war das Angebot groß, doch sie wollten in der Stadtmitte übernachten, weil dort die Möglichkeiten für Aktivitäten größer waren. Die Suche gestaltete sich nicht so ganz einfach, denn in der Altstadt waren bereits viele Unterkünfte ausgebucht. Angestrengt mit einer sorgenvollen Miene suchte Simone weiter, während Babsi sie lächelnd beobachtete.

Kurze Zeit später rief Simone freudig aus: „Da! Ja toll, ich habe etwas gefunden! Es ist eine kleine Ferienwohnung in der ersten Etage eines Altbaus in der Frauengasse, die ist in der Nähe der Marienkirche. Die Frauengasse ist sehr malerisch und idyllisch. Viele kleine Restaurants, Cafés und Bernsteingeschäfte. Es wird dir bestimmt gefallen, Babsi."

Der Preis für die Wohnung war auch annehmbar, also buchte Simone rasch. „Übermorgen geht es los, super. Morgen werden die Koffer gepackt, Babsi!"

Als sie das „Jugoslavia verließen, waren beide etwas angeheitert und guter Dinge. Sie ver-abschiedeten sich und vereinbarten, am nächsten Tag noch einmal zu telefonieren.

Die Vorfreude auf Danzig war groß und gleich am nächsten Morgen wurde der Koffer gepackt.

Simone schickte Udo eine WhatsApp Nachricht, dass sie vier Tage mit ihrer Freundin in Danzig sein würde. Aber sie würde über WhatsApp auch in Polen erreichbar sein.

„Du bist dieses Wochenende ohnehin bei deiner Familie", schloss sie ihre Nachricht.

Wenig später kam seine Antwort. Udo wünschte den beiden Frauen viel Vergnügen. Simone lächelte verschmitzt und dachte: Vergnügt werden wir gewiß sein!

Donnerstag morgen holte Babsi Simone pünktlich um 8 Uhr gut gelaunt ab, und die beiden Freundinnen fuhren in Richtung Hamburg. Das Auto wollten sie bei einer guten Bekannten von Babsi in Hamburg-Stellingen abstellen, da auf dem Flughafenparkplatz schon häufiger Autos aufgebrochen wurden.

Die Fahrt verlief reibungslos, daher waren sie kurz nach neun Uhr bei der Freundin von Babsi. Sie wurden bereits erwartet.

„Ihr seid früh dran, Mädels", begrüßte die junge Frau sie freundlich. „Wir können noch zusammen eine Tasse Kaffee trinken, bevor ich euch zum Flughafen fahre", lud sie die beiden Freundinnen ein.

Babsi und Simone nahmen das Angebot gern an, denn der Kaffee im Flugzeug war meist nicht besonders gut.

Die drei Frauen unterhielten sich noch eine Weile, doch dann mahnte Babsi zum Aufbruch:

„Wir müssen los, sonst startet der Flieger noch ohne uns!"

Sie luden das Gepäck in das Auto der Freundin und fuhren los. Am Flughafen verabschiedeten sie sich und versprachen Babsis Freundin, ihr die genaue Ankunft in Hamburg rechtzeitig mitzuteilen, um sie am Sonntag wieder abzuholen.

Die Maschine war pünktlich und zwei Stunden später stiegen die beiden Frauen gut gelaunt in ein Taxi, das sie zu ihrer Ferienwohnung in die Innenstadt brachte. Die kleine Wohnung war sauber und ordentlich.

„Komm' lass' uns schnell auspacken, dann gehen wir los, essen irgendwo eine Kleinigkeit und kaufen etwas für unseren Kühlschrank ein", schlug Simone vor.

„Du willst hier doch nicht etwa kochen?", protestierte Babsi. „Aber sicher doch, was glaubst du denn? Jeden Tag ein drei Gänge Menue. Ich koche und du machst den Abwasch und räumst auf", kam es gutmütig spottend von Simone zurück.

Ein paar Minuten später machten sie sich auf den Weg. Das Café ‚Mariacka', nicht weit entfernt von ihrer kleinen Wohnung, fiel Babsi sofort auf.

„Lass' uns reingehen, Simone, es ist bestimmt schön, und Hunger habe ich auch", sagte sie.

„Klar, das machen wir, ich kenne dieses Café. Es ist klein und gemütlich. Die beleuchtete Glasfront über der Theke, auf der Motive aus Danzig zu sehen sind, ist einfach wunderschön!", schwärmte Simone.

Die Freundinnen traten ein und auch Babsi war begeistert. Beide bestellten sich aber nur ein Würstchen. Mehr wollten sie nicht, da sie abends nochmals essen würden, und dann richtig gut. Aber sie beschlossen, die nächsten Tage im ‚Mariacka' zu frühstücken.

Nach der kleinen Stärkung machten sie sich auf den Weg. Zur Mottlau waren es nur fünf Minuten. Simone zeigte Babsi das Wahrzeichen von Danzig, das Krantor, das am Ufer der Mottlau stand. Ein Spaziergang entlang des Flusses auf der Seite des Krantors ist ein „Muss" für jeden Danzig Besucher. Wunderschön war auch das alte, historische Segelschiff, das am Ufer fest vertäut lag. Mit diesem

Piratenschiff konnte man einen Schiffsausflug auf der Mottlau und Weichsel machen.

„Was meinst du, Babsi, wollen wir nicht mit dem Segler einen Ausflug machen?", fragte Simone ihre Freundin.

„Um Himmels Willen, nein", protestierte Babsi und schüttelte unwillig den Kopf. „Du weißt doch, dass ich nicht seefest bin."

Simone lachte: „Dann lass' uns so noch etwas laufen und in den kleinen Bernsteingeschäften nach einem passenden Schmuckstück Ausschau halten."

Die beiden Frauen schlenderten noch eine Weile an der Mottlau, an den kleinen Geschäften, Restaurants und Cafés vorbei, bevor sie zurück in ihre Wohnung gingen. Der Magen knurrte, daher machten sie sich zum Abendessen fertig. Nicht weit von ihrer Wohnung entfernt war das Restaurant ‚Gdanska'. Simone kannte es bereits, daher schlug sie vor, dort zu Abend zu essen.

Das ‚Gdanska' war ein wunderschönes Restaurant, erlesen und geschmackvoll. Die Einrichtung bestand aus dunklen, antiken Eichenmöbeln. Passende Bilder und schöne, alte Dekorationsstücke rundeten das Bild ab. Auf den Tischen lagen Spitzendecken und darauf standen wunderschöne silberne Kerzenleuchter. Alles wirkte sehr edel, aber auch gemütlich.

Simone liebte alte Möbel und Antiquitäten, deshalb fühlte sie sich in dieser Umgebung sofort wohl. Auch Babsi gefiel es sehr gut. Sie bestellten sich einen guten Wein zur Entenbrust mit Rotkohl und Knödeln. Während des Essens bemerkte Simone, dass Babsis Augen immer wieder zum Nachbartisch schweiften. Nun musterte auch Simone die beiden Männer, die dort saßen. Ihr fiel auf, dass der eine mit den dunklen Haaren in ständigem Blickkontakt mit Babsi war. Ja, die beiden flirteten heftig miteinander. Der andere Mann mit den blonden Haaren schien sich darüber zu amüsieren, während Simone eher ein wenig verstimmt war.

Sie fragte Babsi leise:

„Was hast du vor, Babsi? Wir beide wollten doch gemeinsam ein paar nette Tage hier verbringen."

Verschmitzt antwortete Babsi leise:

„Sei kein Spielverderber, Simone. Der Typ gefällt mir eben. Beschäftige du dich doch mit seinem Freund, der sieht auch ganz sympathisch aus."

„Kein Interesse, ich möchte nur mit dir allein hier gemütlich essen", gab Simone unwirsch zurück.

Zu spät! Babsis Flirtpartner kam an ihren Tisch und fragte höflich:

„Können wir uns nicht zu euch setzen?"

„Klar doch", stimmte Babsi freudig zu. Simone war darüber nicht sehr erfreut, deshalb akzeptierte sie nur widerwillig Babsis Entscheidung.

Wenig später saßen sie dann zu viert am Tisch. Wie sich bald herausstellte waren die beiden Herren polnische Geschäftsleute aus Danzig. Sie sprachen aber recht gut deutsch. Der Favorit von Babsi hieß Karol, sein blonder Freund war Jan.

Während die Unterhaltung von Babsi und Karol hauptsächlich aus intensivem Flirten bestand, entwickelte sich zwischen Jan und Simone ein sehr nettes Gespräch. Für Simone war diese Unterhaltung mit Jan so etwas wie ein Austausch zwischen Freunden. Jan sah das ebenso. Man war sich sympathisch, doch keiner wollte mehr von dem anderen.

Anders sah es bei Babsi und Karol aus. Man musste schon blind sein, um nicht zu sehen, was hier vorging. Es dauerte nicht lange, als Karol vorschlug, in eine Bar zu wechseln. Das wollte Simone keinesfalls und schob deshalb Müdigkeit vor.

„Ich möchte gern schlafen gehen, Babsi. Du hast ja auch einen Schlüssel für die Wohnung und kannst später nachkommen", schlug Simone vor.

Babsi strahlte Simone an:

„Das mache ich doch glatt."

Jan wollte auch nicht mehr mit in die Bar und sagte:

„Ich werde Simone zur ihrer Wohnung begleiten. Und euch beiden wünsche ich noch einen schönen

Abend."

Auf dem Heimweg unterhielten sich Simone und Jan angeregt. Sie amüsierten sich über Babsi und Karol und rätselten, wann die beiden wohl auftauchen würden. Heute oder morgen?

Simone stellte lachend fest: „Die Zwei sind wohl aus dem gleichen Holz geschnitzt."

Bald hatten sie das Apartmenthaus erreicht und Jan verabschiedete sich von Simone mit einem Küsschen auf die Wange. Kaum in der Wohnung angekommen, hörte Simone, dass Udo eine WhatsApp Nachricht geschickt hatte. Er schrieb:

Hallo Mäuschen,
ich wünsche dir viel Vergnügen, aber bleibe artig.
Ich bin es auch. Vermisse dich.
Dicke Knutschies
Udo

Simone freute sich über seine Nachricht und schrieb ihm gleich zurück:

Hallo lieber Udo,
ich bin artig, und vergessen habe ich dich auch nicht. Ich könnte jetzt ein paar Streicheleinheiten von dir vertragen.
Viele, dicke Küsse .....Simone

In Gedanken bei Udo ließ Simone den Tag gemütlich auf dem Sofa ausklingen. Sie zappte sich noch einige Zeit durch die TV- Programme, dann ging sie schlafen.

Eingekuschelt in ihre Bettdecke dachte sie noch ein wenig an ihre Freundin. Was sie jetzt wohl gerade machte? Simone war sicher, dass Babsi erst morgen auftauchen würde... Sie dachte: Immer nur machen lassen! Sie war recht müde und schlief schnell ein.

Wie schon erwartet war Babsi am nächsten Morgen noch nicht da. Sie war noch mit Karol unterwegs. Simone dachte bei sich, nun wenn sie das braucht, o.k. – na ja, ich brauche kein Abenteuer in Danzig. Mir reicht es, dass ich ein wenig ausspannen kann. Ich werde mich jetzt fertig machen und allein frühstücken gehen. Mit Babsi ist wohl noch nicht zu rechnen...

Simone hatte gerade die Wohnung verlassen, als Babsi eintraf. Nicht ganz frisch, aber gut gelaunt und lächelnd stand sie vor Simone und sagte:

„ Jetzt habe ich Hunger. Ich springe schnell unter die Dusche und ziehe mich um, dann können wir ins ‚Café Mariacka‘ gehen. Ist das o.k. für dich?“

Simone war nicht gerade begeistert, dass sie jetzt warten sollte:

„Dann beeile dich aber bitte“, sagte sie kurz und ging mit Babsi wieder zurück in die Wohnung.

Babsi beeilte sich wirklich. Dann gingen beide in ihr gemütliches Café, um zu frühstücken. Babsi schwärmte von ihrer Liebesnacht, doch Simone interessierte das nicht besonders. Sie wollte aber von Babsi etwas wissen und fragte:

„Triffst du ihn wieder, oder können wir die restlichen Tage gemeinsam verbringen?"

Etwas schuldbewußt antwortete Babsi:

„Ja das machen wir. Sorry, er hat mir eben gefallen!"

Simone kannte ihre Freundin recht gut und sagte versöhnt:

„Es wäre schön, wenn du in den nächsten Tagen deine Hormone unter Kontrolle hättest. Wir könnten dann einiges unternehmen. Lass' uns nach dem Frühstück auf Tour gehen. Sogar das Wetter macht mit."

Natürlich war Babsi einverstanden. Nachdem das geklärt war, konnten die beiden Freundinnen ihr opulentes Frühstück genießen.

Später schlenderten sie durch die Langgasse und bewunderten die alten Häuser, die perfekt restauriert waren. Aber auch die schönen Geschäfte mit unterschiedlichen Warenangeboten übten eine große Anziehungskraft auf Babsi und Simone aus.

Vor dem Schaufenster eines Bernsteingeschäftes blieb Simone plötzlich abrupt stehen.

„Babsi, schau mal, die Ohrringe dort links, die muss

ich unbedingt haben", rief sie und zeigte auf ein auffällig schönes Paar im Fenster.

Im Geschäft bewunderten sie noch andere sehr hübsche Schmuckstücke, doch Simone kaufte nur den Ohrschmuck mit den drei verschieden farbigen Bernsteinen, den sie im Schaufenster entdeckt hatte.

Gegen Abend waren Babsi und Simone müde. Sie waren fleißig gelaufen, hatten viel gesehen, doch jetzt waren sie erschöpft, hatten Hunger und die Füße schmerzten. Sie suchten auch nicht lange nach einem Restaurant, sondern gingen in das nächste, das ihnen gefiel.

„Endlich wieder einmal sitzen", seufzte Babsi. An einem gemütlichen Tisch nahmen die Frauen Platz. Bei dem recht schnell herbei eilenden Kellner bestellten sie   das Essen und dazu eine Flasche Rotwein.

„Das tut wirklich gut nach dem anstrengenden Tag. Aber es war sehr schön, Babsi", bemerkte Simone und ihre Freundin lachte: „Nichts ist schwerer zu ertragen als eine Reihe von guten Tagen!"

Jetzt musste auch Simone lachen und alles war wieder gut zwischen ihnen.

Gut gelaunt ließen sie sich nun ihr Essen schmecken und sahen sich ein wenig im Restaurant um. Am Nachbartisch saß ein Paar mit einem größeren Hund. Kaum hatten sie das bemerkt, kam das Tier auch schon schwanzwedelnd auf die beiden Frauen zu. Der Mischling buhlte um Streicheleinheiten, die er abwechselnd von Babsi und Simone bekam.

An einem anderen Tisch saß ein Mann mittleren Alters und ließ sich sein Hähnchen schmecken. Plötzlich, er hatte sich wohl verschluckt, bekam er einen furchtbaren Hustenanfall. Der arme Mann lief krebsrot an im Gesicht und hustete so stark, dass seine obere Gebisshälfte sich selbständig machte und im hohen Bogen auf den Boden flog.

Der Hund hielt inne, die Streicheleinheiten waren jetzt nicht mehr interessant. Schwups lief er zu den Zähnen in der Annahme, es sei ein Leckerchen für ihn. Wo das Gebiss normalerweise hingehörte, wußte er wohl, denn schnell hatte er es in seiner Schnauze. Mit den Backenzähnen hatte er jedoch ein Problem, sie ragten rechts und links aus seinem Maul hervor, was natürlich wahnsinnig komisch aussah. Wohl wissend, dass er die Zähne nicht behalten durfte, verschwand das Tier schnell mit seiner Beute.

Allmählich verebbte der Hustenanfall des Mannes. Die Röte in seinem Gesicht hielt sich noch und seine Miene drückte deutlich aus, dass ihm die Situation höchst unangenehm und peinlich war.

Da sprang der Hundehalter von seinem Stuhl auf und rief seinem Vierbeiner zu: „Benni hierher!" Dann jagte er seinem Hund hinterher.

Nach einigen Runden um die Tische herum gelang es dem Herrchen, seinen Benni wieder einzufangen. Ganz kampflos verzichtete das brave Tier jedoch nicht auf seine Beute. So lag dann nach dem Gerangel ein Zahn neben dem Hund, als Benni die Zähne endlich frei gab. Dann bekam der Besitzer seine fehlenden Zähne zurück, die er in eine Papierserviette wickelte, wobei er sich nuschelnd bedankte.

Nicht nur Babsi und Simone mussten lachen. Der Vorfall hatte im ganzen Lokal für allgemeine Heiterkeit gesorgt. Denn der Mischling mit den großen Zähnen im Maul sah ja zu komisch aus. Natürlich hatte Simone Mitgefühl mit dem unglücklichen Besitzer des Gebisses. Aber so ist das eben – wer den Schaden hat, braucht für den Spott nicht mehr zu sorgen!

Kurz danach verließen Simone und Babsi das Restaurant und schlenderten langsam zurück zu ihrer Wohnung. Unterwegs mussten sie immer wieder über Bennis Fundsache lachen. In ihrer Wohnung sahen sie dann noch ein wenig fern und tranken dabei eine Flasche Sekt, bevor sie hundemüde ins Bett fielen.

Morgens wurde Simone von einer Nachricht von Udo geweckt:

Hallo Liebste,
ich hoffe doch, dass du auch den gestrigen Tag brav verbracht hast und bei den männlichen Wesen, die dir gewiss ihre Aufmerksamkeit gezollt haben, züchtig den Blick nach unten gesenkt hast.
Viele dicke Küsse von mir.
Udo

Simone lachte. Es schmeichelte ihr, dass er sich ein wenig Sorgen um sie machte. Aber sie dachte: Warum soll ich hier in Danzig auf Abwege geraten, das bringt doch nichts. Hier hätte ich höchstens wie Babsi ein Abenteuer erleben können. Das hätte noch weniger Aussicht auf eine gemeinsame Zukunft gehabt, als die Verbindung mit Udo. Nein, solche One-Night-Stands reizen mich nicht!
Bevor sie wieder unterwegs war mit Babsi, wollte Simone noch schnell Udo schreiben:

Hallo mein Schnuckel,
keine Angst, ich bin brav. Dir kann doch kein anderer Mann das Wasser reichen. Lach lach!
Einen dicken Schmatz von mir
Simone

Bald darauf waren Babsi und Simone wieder unterwegs. Erst gingen sie frühstücken, dann war

Shoppen angesagt. Simone wollte Geschenke für ihre Kinder und Enkelkinder besorgen. Und Babsi ging gern mit, um auch einige Kleinigkeiten zu kaufen.

Der Tag ging schnell zu Ende. Abends gab es ein letztes Essen in Danzig. Lachend sagte Babsi zu Simone: „Mal sehen, vielleicht fliegt ja heute im Restaurant die andere Gebisshälfte durch die Gegend."

„Das hätte doch was", antwortete Simone kichernd.

Am nächsten Morgen war Abreise. Der Flieger nach Hamburg startete pünktlich.

Dort holten die beiden Frauen das Auto ab und fuhren dann zurück nach Meldorf.

Nach ihrer Rückkehr in Meldorf war Simones erster Weg zum Briefkasten, um zu sehen, ob während ihrer Abwesenheit wichtige Post eingetroffen war. Doch dann steckte sie den Inhalt des Briefkastens achtlos in die Tasche. Die Post hatte noch Zeit, es war sicher nichts Wichtiges dabei.

Müde von der Rückreise setzte Simone sich später aufs Sofa und beschäftigte sich dann mit ihrer Post. Werbung wurde gleich aussortiert. Der Brief von der Versicherung war auch nicht wichtig, doch ganz unten lag noch ein Brief: Freie und Hansestadt Hamburg. Sie hatte plötzlich eine dunkle Ahnung, was es sein könnte, und öffnete den Brief.

Oha, nach Abzug der Toleranzgrenze, war sie 17 Kilometer zu schnell gefahren. 35 Euro kostete der Spaß. Natürlich wurde ihre Verkehrssünde mit einem Bild dokumentiert. Es hatte zwar nicht die Qualität eines Studiofotos, doch sie fand, sie sah besonders gut darauf aus.

Wenn ich schon so viel bezahlen muss, könnte die Stadt Hamburg mir eigentlich das Bild auch als Hochglanzfoto schicken, dachte sie mit Galgenhumor.

Während sie sich darüber noch etwas ärgerte, hörte sie den Eingang einer WhatsApp Nachricht auf ihrem Handy. Wie sie vermutete, war es Udo.

Hallo mein Häschen,
bist du wieder gut nach Hause gekommen? Warst du mir auch treu? Ich habe viel an dich gedacht. Das nächste Wochenende gehört uns. Ich freue mich schon sehr auf dich. Schon jetzt könnte ich mit dir viele schöne Dinge tun...
Viele Küsse überall hin
Udo

Als Simone die Nachricht von Udo las, wurden ihre Gesichtszüge weich, weil sie auch an schöne Stunden mit Udo dachte. Sofort schrieb sie zurück:

Hallo mein Tiger,

ich bin wieder gut nach Hause gekommen und bin dir auch treu geblieben. Selbstverständlich habe ich ebenfalls viel an dich gedacht. Du hast mir so gefehlt, aber das nächste Wochenende gehört ja uns. Bis bald und viele Küsse zurück
Simone.

Ihre Neugier trieb sie an den PC, denn sie war nicht nur an den normalen Mails interessiert, sondern auch an den Aktivitäten bei newlove. Gespannt loggte sie sich ein. Natürlich war in ihrer Abwesenheit Bewegung auf ihrem Profil gewesen, das hatte Simone auch erwartet. Einige nichts sagende Besucher, drei erhobene Daumen und eine Nachricht von Jakob 62. Er schrieb:

Hallo Simone,

schade, dass ich ganze drei Wochen warten muss, um dich kennen zu lernen. Diese Zeit werde ich voller Ungeduld überstehen müssen. Aber die Vorfreude ist ja bekanntlich die schönste Freude. Melde dich, wenn du etwas Zeit hast. Ich wäre sehr glücklich darüber.

Herzlich Grüße

Jakob

Simone hatte ein schlechtes Gewissen, nachdem sie die Nachricht gelesen hatte. Ihr war klar, dass sie spielte: nicht nur mit Jakob, sondern auch mit Udo. Er hatte einen festen Platz in ihrem Leben, doch die Ausweglosigkeit holte sie immer wieder ein. Der Kontakt mit Jakob vermittelte ihr das Gefühl, dass es ja auch noch andere Männer gab, die sich für sie interessierten. Jakob hatte auch noch den Vorteil - er war frei!

Nun richtete sie ihr Augenmerk auf die drei erhobenen Daumen. Zwei der Typen waren für sie uninteressant, doch der dritte Daumen kam von einem Mann, für den sich ein zweiter Blick gewiss lohnte.

Leevsten, so nannte er sich, war 196 cm groß, 58 Jahre alt, athletische Figur, graubraune Haare, dunkle Augen, und ein ansprechendes Gesicht. Simone schickte einen Daumen zurück, was sie jedoch sofort bereute, nachdem sie sein Profil gelesen hatte.

Der Leevsten war verheiratet und suchte eine liebenswerte und aufgeschlossene Frau. Passiert ist passiert, den Daumen habe ich jetzt geschickt, dachte Simone und war plötzlich sehr müde...

Rasch ging sie unter die Dusche, freute sich auf ihr Bett und schlief schnell ein.

Am Montag und am Dienstag hatte Simone sehr viel Arbeit. Wenn sie abends nach Hause kam, war sie total kaputt. Sie wechselte nur noch einige liebevolle Nachrichten mit Udo, doch von newlove wollte sie nichts wissen, denn sie war zu erschöpft. Das lang ersehnte Wochenende mit Udo rückte auch immer näher, und ihre Gedanken beschäftigten sich hauptsächlich mit ihm.

Ihr Wochenendgepäck richtete Simone bereits am Donnerstagabend, denn sie wollte am Freitag so schnell wie möglich nach Rendsburg fahren. Da sie noch ein wenig Zeit hatte, besuchte sie newlove. Sie hatte Post! Leevsten hatte geschrieben:

Hallo Lalila,

du bringst meine Gefühle in Wallung. Ich suche eine aufgeschlossene Frau fürs Herz und schöne Stunden. Ich bin zwar verheiratet, aber unsere Ehe ist schon lange kaputt. Wir leben nur noch wie Bruder und Schwester nebeneinander her. Ich würde dich gern verwöhnen. Melde dich bitte.

Liebe Grüße
Enno

Das habe ich mir doch gedacht! Den Daumen hätte

ich nicht erwidern sollen. Das war Simone nun klar. Dass ich Enno gefalle, kann schon sein, doch seine unmissverständlichen Wünsche gefielen Simone nicht. Er soll mal weiter suchen, dachte sie und schrieb ihm:

Hallo Enno,

es ist sehr schade für dich, dass deine Frau nichts mehr von dir wissen will. Als Ersatz für deine entgangene körperliche Liebe eigne ich mich nicht. Such' mal weiter, bestimmt wirst du eine Frau finden, die du verwöhnen kannst. Dazu wünsche ich dir recht viel Glück.

Viele Grüße
Simone

Nachdem die Nachricht an Enno verschickt war, sah Simone eine neue in ihrem Postfach.
Der Schreiber war ein Manolito007, er schrieb:

Halo,
mein daumen kam leider virtuele aber von herzen an dich geschickt habe.
du gefellst mir.würde mich sehr freun, wen in lage komme dich zu sehen.

Härzlichen Kus
Manfred

Den Daumen sah Simone jetzt auch. Sie musste über dieses Schreiben lachen. Bei newlove hatte sie die Erfahrung gemacht, dass es doch viele deutsche Bürger gab, die mit der Muttersprache auf dem Kriegsfuß standen. Kann schon sein, dass Manfred ein lieber und guter Mensch war, doch die passende Frau für ihn war sie nicht. Sollte ich ihm schreiben, überlegte sie. Dann entschied sie: Nein, es ist besser, wenn ich es lasse.

Simone entschloss sich, newlove erst einmal zu meiden. Ihre Gedanken waren ohnehin nur bei Udo, und sie fühlte sich in den wenigen Stunden, die ihnen zur Verfügung standen, wohl. Bei newlove war sie im Moment nur halbherzig. Deshalb mache ich erst einmal Pause, entschied sie für sich.

Sie loggte sich bei newlove aus, setzte sich auf die Couch und zappte ein wenig durch das TV Programm. Sie freute sich auf morgen - auf das Wiedersehen mit Udo. Da kam auch schon eine Nachricht von ihm:

Hallo mein Schatz,

ich flitze hier durch mein kleines Reich und mache ein wenig Ordnung. Meine Gedanken sind bei dir, und ich freue mich schon sehr auf morgen. In Gedanken küsse ich dich überall, morgen dann real...

Dicke Küsse

Udo

Schnell verging die Zeit und Simone saß im Auto und fuhr in Richtung Rendsburg. Sie freute sich wahnsinnig auf Udo und auf das Wochenende mit ihm. Mal sehen, was sich in den nächsten beiden Tagen ergibt.

Diesmal verlief die Fahrt reibungslos und sie war recht schnell in Rendsburg. Udo erwartete sie schon und begrüßte sie liebevoll:

„Ich habe eine Überraschung für heute Abend" sagte er lächelnd. Simone strahlte ihn freudig an und fragte:

„Eine Überraschung, erzähl' - was hast du vor?"

„Ich weiß doch, dass du genau wie ich klassische Musik liebst und gern in Konzerte gehst. Da ich schon lange in keinem mehr war, habe ich für heute Abend Karten besorgt", sagte Udo und strahlte sie an.

Damit hatte er Simone ein große Freude bereitet, und sie reagierte begeistert:

„Das ist ja toll, ein wunderbares Geschenk, Udo. Damit machst du mir eine große Freude, mein Schatz!"

Bis zum Konzert hatten sie noch über eine Stunde Zeit, die sie nutzten, um von ihren Erlebnissen der letzten Tage zu erzählen.

Simone sprach über ihren Aufenthalt in Danzig, während Udo kurz von seiner Arbeit, aber auch von dem vergangenen Wochenende berichtete:

„Als ich das letzte Mal zu Hause war, lief alles ganz besonders unerfreulich", kam es stockend von ihm. „Meine Frau hat nur gezetert. Nichts konnte ich ihr recht machen. Ich würde sie im Schlafzimmer stören und sollte, da ich ohnehin nicht oft in Halberstadt sei, besser im Keller in dem kleinen Gästezimmer schlafen. Bisher habe ich es noch nicht gemacht, denke aber, dass dies auch für mich eine gute Lösung ist. Dann habe ich zumindest meine Ruhe. Die Kinder waren die meiste Zeit unterwegs, weil auch sie die Nörgelei ihrer Mutter nicht aushalten können."

„Das ist ja schrecklich", sagte Simone zu Udo. „Was ist bei euch vorgefallen, dass deine Frau so kalt reagiert?"

Udo atmete tief durch und fing an:

„Durch meine berufsbedingte Abwesenheit ist es zwischen uns zu einer Entfremdung gekommen. Wie ich dir bereits einmal gesagt habe, war meine Frau nicht zu einem Ortswechsel bereit. Ich war traurig darüber.

Dann vor drei oder vier Jahren trennten sich nacheinander zwei ihrer Freundinnen von ihren Ehemännern. Ihnen war die Ehe zu eng geworden, die Kinder waren groß, die Frauen wollten frei sein und noch etwas erleben. Frei nach dem Motto: Das kann es nicht gewesen sein! Mit diesen Freundinnen hängt meine Frau jetzt immer zusammen, ihr gefällt es. Unter der Woche hat sie ja Zeit und kann deshalb auch oft etwas mit ihren Freundinnen unternehmen.

Bei einer Trennung würde sie mir garantiert das Fell über die Ohren ziehen, das weiß ich. Sie braucht die Scheidung nicht. Ihr reicht die Freiheit, die sie jetzt unter der Woche hat. Und natürlich gefällt ihr die finanzielle Sicherheit, die ich ihr biete."

Nachdenklich und bedrückt antwortete Simone:

„Das ist wirklich schade, aber ich kenne ähnliche Situationen aus meinem Umfeld. Gemeinsam hat man sich einiges aufgebaut, Kinder sind aus der Verbindung hervorgegangen, und auf einmal reicht das alles nicht mehr. Man wird unzufrieden mit dem Leben, mit dem Partner und oft auch mit dem Job.

Wenn man nicht mehr miteinander redet, ist eigentlich schon der Anfang vom Ende besiegelt. So war es bei mir. Hatte ich Probleme und wollte sie mit meinem Ex besprechen, kamen solche Antworten wie: Jetzt nicht, ich bin so kaputt, heute habe ich keinen Kopf dafür, muss das heute sein... und so weiter. Wenn mein Exmann jedoch Probleme hatte, schickte er die Kinder aus dem Zimmer und überschüttete mich mit seinen Schwierigkeiten. Er erwartete Dinge von mir, die er selbst nicht geben wollte und konnte.

Er war ein Meister im Lügen und spinnen von Intrigen. Die Kinder wurden manipuliert und aufgehetzt, was letztendlich dazu geführt hat, dass ich die Scheidung einreichte. Dem folgte ein massiver Rosenkrieg", schloss Simone mit ernster Miene.

Udo zog sie in seine Arme und sagte nachdenklich: „Komm' lass uns gehen und dieses leidige Thema abschließen. Du hast es auf jeden Fall genau richtig gemacht und hast dein Leben ja voll im Griff."

Zufrieden antwortete Simone: „So ist es, mein Lieber!" Sie küsste ihn zärtlich, dann standen beide auf und machten sich auf den Weg zum Konzert.

Udo hatte Karten für sehr gute Plätze besorgt. Hand in Hand lauschten sie dem Sinfoniekonzert. Man kann so herrlich bei dieser Musik entspannen und Kraft tanken, dachte Simone. Für sie war Musik Balsam für ihre Seele. Simone glaubte zu spüren, dass Udo ebenso empfand.

Am Ende des Konzerts nach langem Applaus verließen sie gelöst das Landestheater und suchten sich ein kleines Restaurant, um eine Kleinigkeit zu essen.

Simone dankte Udo begeistert: „Diese Überraschung ist dir wirklich gelungen, lieber Udo. Das Konzert war so wunderschön!" Dabei strahlte sie ihn glücklich an.

In Udos Wohnung saßen sie später bei einem Glas Rotwein zusammen und überlegten, was sie am Samstag unternehmen wollten. Das Wetter sollte gut werden, daher würde sich ein Ausflug in die Umgebung lohnen.

Simone sagte unternehmungslustig zu Udo:

„Ich war lange nicht an der Schlei. Wollen wir dorthin einen Ausflug machen? Arnis, Kappeln mit anschließendem Bummel durch Schleswig, was meinst du?"

Udo gefiel der Vorschlag, und er stimmte mit den Worten:

„Das ist eine sehr gute Idee, Mausi!" begeistert zu.

Sie unterhielten sich noch eine Weile über die Schlei und verschiedene andere Dinge. Es war eine lockere Unterhaltung, Probleme wurden nicht angesprochen.

Gleich nach dem gemeinsamen Frühstück machten sich Udo und Simone auf den Weg. Das Wetter war herrlich, beide hatten gute Laune - das konnte nur ein schöner Tag werden. Sie fuhren nicht sehr schnell, sie hatten ja Zeit, um die schöne Landschaft zu genießen.

In Kappeln bummelten sie durch die malerische Altstadt und den nächsten Stopp machten sie in Arnis.

Vergnügt fuhren sie weiter nach Schleswig, gingen am Schleihafen spazieren und kehrten dann im ‚Speicher' ein, ein Restaurant, das bekannt war für sehr gute Fischgerichte. Nach dem köstlichen Essen bummelten sie Hand in Hand wie frisch Verliebte noch ein wenig durch die belebte Innenstadt von Schleswig.

Müde von dem Ausflug erreichten sie Udos Wohnung. Simone machte rasch einen starken Kaffee und damit entspannten beide auf dem Sofa.

Kurze Zeit später lagen sie sich in den Armen, tauschten Zärtlichkeiten aus, und es dauerte nicht lange, bis das Blut in Wallung kam und sie zum Bett wechselten. Wieder liebten sie sich mit großer Leidenschaft und genossen die Zärtlichkeit des anderen.

Am Sonntag beim Frühstück fragte Simone Udo: „Wie bist du eigentlich auf newlove gekommen?" Udo sah sie etwas erstaunt an. „Warum fragst du?" „Es interessiert mich eben, Udo, ich wollte dich schon längst danach gefragt haben."

Nachdenklich entgegnete Udo:

„Wie du weißt, bin ich mit meiner Ehe so ziemlich auf dem Nullpunkt angelangt. Mir fehlte Sex, Zärtlichkeit und körperliche Nähe. So kam ich auf die Idee, mich bei newlove anzumelden. Ich hatte dann auch gleich zwei rein erotische Abenteuer, die für mich aber bedeutungslos waren, weil es keine ehrliche Gefühle gab. Die Frauen waren nicht leichtfertig, doch sehr einfach gestrickt, deshalb wollte ich sie auch nicht mehr treffen."

Interessiert hakte Simone nach:

„Und wie sieht es bei mir aus?" Abwartend sah sie ihn an.

„Mir hat es gefallen, wie du auf meine humorvollen Nachrichten reagiert hast. Das war genau nach meinem Geschmack. Als ich dich dann kennen lernte, hatte ich bei dir das Bedürfnis, mehr als nur

Sex von dir zu bekommen. Doch gleich nach unserem ersten Treffen kam der schwere Unfall.

Deshalb bin ich sehr glücklich, dass wir uns wiedergefunden haben. Mein Gewissen plagt mich oft, weil du für eine Affäre eigentlich zu schade bist. Unsere Beziehung soll auch nicht von kurzer Dauer sein. Meiner Frau entgeht nichts, denn sie hat an mir kein Interesse mehr. Meine Anwesenheit ist ihr eher lästig."

Simone huschte ein Lächeln über das Gesicht, als sie sagte:

„Zum Glück geht es mir nicht so mit dir, mein Liebster."

Udo zog sie in die Arme, küsste sie und schob sie zum Bett, wobei er ihr ins Ohr flüsterte:

„Wir wollen die letzten Stunden noch ein wenig genießen, bevor du fährst. 14 Tage können für mich sehr, sehr lang sein."

Gegen Abend fuhr Simone nach einer liebevollen Verabschiedung in Richtung Meldorf. Sie war traurig, weil das Wochenende, das sie so sehnsüchtig erwartet hatte, so schnell vorübergegangen war. Aber sie war auch glücklich, weil sie Udos Zuneigung zu ihr so intensiv gespürt hatte. Die ganze Situation war nicht einfach, aber was die Verbindung zwischen ihnen anging, war alles in Ordnung. Und darauf kam es ihr vor allem an.

Simone begann die neue Arbeitswoche entspannt und innerlich total ausgeglichen. Das Wochenende hatte ihr viel gegeben. Besonders der gemeinsame Konzertbesuch mit Udo war sehr erfüllend für sie gewesen.

Udo würde sich von seiner Frau nicht trennen, das wusste sie nun mit Sicherheit. Auf der anderen Seite hatte er keine Probleme, sich mit Simone in der Öffentlichkeit zu zeigen. Er stand zu ihr. Das war ihr wichtig, deshalb hatte sich Simone mit den Möglichkeiten, die ihnen beiden blieben, arrangiert.

Inzwischen konnte sie recht gut damit umgehen. Die Zeit, die sie miteinander verbrachten, war immer wieder besonders schön und befriedigend. Für Simone war ein Mann nur dann erotisch, wenn er auch Geist und Humor besaß. Wenn er dann zusätzlich gut aussah und eine sympathische Ausstrahlung hatte, gab es gewiss keinen Grund sich zu beklagen. Wichtig war für sie vor allem, dass es zwischen ihnen stimmte. Es war eine tiefe Verbundenheit, das wusste sie nun.

In diesen Tagen schrieb Simone viel mit Udo über WhatsApp. Dabei neckten sie sich liebevoll und waren beide glücklich über jede kurze Nachricht. Simone freute sich schon auf das nächste

Wiedersehen und hoffte, dass die Tage bis dahin schnell vergehen werden.

Auch mit Simones Kindern lief alles gut. Jörn und Dani freuten sich schon sehr auf ihren Nachwuchs. Inzwischen wussten sie, dass es ein Junge werden würde. Simone wollte in den nächsten Tagen für ihren zukünftigen Enkel einkaufen gehen, denn sechs Wochen vergehen schnell. Am nächsten Tag hatte sie beruflich in Hamburg zu tun. Wenn die Arbeit erledigt war, sollte der Kleine von Jörn und Dani drankommen. Babysachen einzukaufen machte ihr immer besonders viel Freude.

Am nächsten Tag fuhr sie morgens früh los, um mit ihrem Tagespensum rechtzeitig fertig zu sein. Bis zwei Uhr nachmittags hatte sie alles geschafft. Jetzt wurden Babysachen gekauft.

Simone fuhr nach Wandsbek, denn sie wollte zum Quarree. Das ist ein besonders schönes Einkaufszentrum mit guten Parkmöglichkeiten. Als sie dort ankam, ging sie gleich in die Kinder Kompanie. In diesem Geschäft war die Auswahl an Textilien für Neugeborene besonders groß. Auch die Qualität stimmte.

Simone erstand wunderschöne Sachen: feine, weiche Unterwäsche, praktische kleine Höschen, Schlafanzüge, Pullis, Jacken, Strümpfe und sogar passende Mützchen waren dabei.

Zufrieden mit ihrem Einkauf und eine stattliche Summe Euros leichter verließ Simone das Geschäft. Zum Abschluss kehrte sie noch bei Da Franco ein und holte ihr versäumtes Mittagessen nach.

Gut gelaunt trat sie die Heimfahrt an. An diesem Tag konnte selbst der übliche Hamburger Feierabendverkehr sie nicht aus der Ruhe bringen. Sie brauchte fast ein Stunde bis sie endlich auf der Autobahn war. Nach einer weiteren Stunde kam sie erschöpft, aber glücklich zu Hause in Meldorf an. Kaum hatte sie es sich gemütlich gemacht, kam auch schon eine WhatsApp Nachricht von Udo:

Hallo Simone,
bist du schon zu Hause? Melde dich bitte, dann werde ich dich anrufen.
Liebe Grüße
Udo

Simone schrieb sofort zurück, dass sie bereits auf dem Sofa entspannen würde und er ruhig anrufen könne. Dabei beschlich sie ein merkwürdiges Gefühl. Was hatte das zu bedeuten, fragte sie sich. Der Text seiner WhatsApp war irgendwie beunruhigend...

Simone wurde nervös und wartete fieberhaft auf den Anruf von Udo. Sie musste nicht lange warten. Kurz darauf rief er an:

„Hallo Mausi", begrüßte er sie.

„Was ist denn los, Udo", wollte sie gleich wissen.

„Ich muss ab nächste Woche in unser Zweigwerk nach Kassel und dort die technische Geschäftsführung übernehmen. Der bisherige Stelleninhaber hatte einen schweren Autounfall und wird somit aus gesundheitlichen Gründen nicht mehr in der Lage sein, seine Position in der Firma zu halten."

Simone hörte sofort an seiner Stimme, dass etwas nicht stimmte, weil er so niedergeschlagen und traurig klang. Aber auch sie musste um Fassung ringen. Sie rief:

„Oh nein, Udo, das kann doch nicht wahr sein. Das ist ja eine furchtbare Nachricht. Mit einem solchen Schlag habe ich nicht gerechnet". Dann musste sie mit den Tränen kämpfen.

„Ich auch nicht", antwortete Udo verbittert, „ich bin genauso unglücklich darüber wie du, doch leider gibt es keine andere Möglichkeit für mich. Ich muss diesen Job in Kassel annehmen, ob ich ihn will oder nicht..."

In Simones Kopf schlugen die Gedanken Purzelbäume. Was bedeutete das für sie beide? Dann hakte sie nach:

„Aber was wird aus deiner Wohnung, Udo? Wie kann das überhaupt so schnell gehen?"

Udo erklärte Simone geduldig: „Mein Nachfolger für das Büro in Rendsburg kommt aus dem Zweigwerk in Süddeutschland. Dieser Mann wird meine Wohnung übernehmen. Du weißt ja, dass sie eher karg eingerichtet ist. Meine persönlichen Dinge, bis auf die Möbel, werde ich am Wochenende ausräumen."

Simone war entsetzt und rief: „Dann werden wir uns ja gar nicht mehr sehen, mein Liebster!"

„Doch Simone", antwortete Udo, „ich habe noch den Montag, um meine Angelegenheiten zu regeln und bitte dich inständig, dass du am Freitag zu mir nach Rendsburg kommst. Ich möchte dich sehen, wir müssen unbedingt reden."

Resigniert antwortete Simone: „Das wird dann wohl unser Abschied sein, aber natürlich werde ich kommen."

Udo holte tief Luft und schwieg dann. Er wusste nicht, was er dazu noch sagen sollte. Die Situation war für beide beklemmend, daher verabschiedeten sie sich rasch.

„Tschüss meine Süße, bis bald", flüsterte Udo.

Von Simone kam nur ein trauriges „Tschüss."

Nach ihrer telefonischen Verabschiedung hatte Simone das Gefühl, als würde sie in ein tiefes Loch fallen. Sie hatte nicht damit gerechnet, dass ihre Beziehung zu Udo so schnell enden würde.

Sie selbst war fest an Meldorf gebunden. Auch die Liebe zu ihrer Familie hinderte sie daran, sich örtlich zu verändern. Sie liebte ihre Kinder und Enkelkinder. Sie alle gehörten zu ihrem Leben. Es würde würde auch keinen Sinn machen, Udos wegen den Wohnort zu wechseln, denn er würde trotz aller Probleme und Widrigkeiten an seiner Ehe festhalten. Und auch der große Altersunterschied könnte in einigen Jahre eine Rolle spielen.

In den nächsten Tagen war Simone müde und lustlos, sie hatte keinen Antrieb mehr, die Arbeit fiel ihr schwer, und sie erledigte ihre Aufträge nur mechanisch. Immer wieder schweiften ihre Gedanken ab und wanderten zu Udo. Sie wusste, dass die bevorstehende Trennung wohl endgültig sein würde. Sie wollte aber nicht weiter darüber nachdenken, was das für ihr Leben bedeuten würde...

Am Freitag saß Simone dann im Auto und fuhr nach Rendsburg. Inzwischen hatte sie verzweifelt versucht, sich mit dem Gedanken vertraut zu machen, dass der Abschied von Udo greifbar nahe war.

Es schmerzte, doch sie wusste, dass es keine andere Lösung geben würde. Also musste sie sich damit abfinden. Aber konnte sie das?

Sie dachte an newlove und überlegte, ob sie dort

weiter suchen sollte. Doch dann stellte sie diesen Gedanken vorerst zurück, denn irgendwie wird sich in der nächsten Zeit etwas ergeben - oder nicht? In Rendsburg erwartete Udo sie bereits. Als Simone vor dem Haus parkte, war er ganz schnell zur Stelle. Er sah furchtbar blass aus und irgendwie verstört. Die Stirn in Falten gezogen, ernst und mit traurigen Augen kam er auf sie zu. Er nahm sie in den Arm und begrüßte sie mit den Worten:

„Hallo meine liebe, liebe Simone."

Dann küsste er sie innig.

„Komm lass' uns in die Wohnung gehen", schlug er vor und zog sie mit sich fort.

In der Wohnung angekommen lagen sie sich in den Armen und hielten sich in ihrer Verzweiflung aneinander fest. Dann setzten sie sich auf die Couch. Simone sah Udo abwartend an, der - wie ihr schien - nach den richtigen Worten suchte.

Nach kurzem Schweigen fing er an zu reden:

„Simone es hat mich kalt erwischt. Ich glaubte bis gestern, dass mein Job in Rendsburg sicher sei, zumal ich schon mehrere Jahre erfolgreich dort gearbeitet und mich auch sehr gut eingewöhnt hatte. Daher war ich total überrascht, als der Vorstand mich zu sich rief und mich darüber informierte, dass ich umgehend nach Kassel umziehen muss. Zwar hatte ich von dem schweren Unfall des Geschäftsführers gehört, doch ich habe überhaupt nicht damit gerechnet, dass ich sein Nachfolger werden soll."

Udo machte erst einmal eine Pause und holte tief Luft, bevor er weiter sprach:

„Ich bin mir darüber im Klaren, dass diese neue Position eine enorme Verbesserung für mich sein wird. Allerdings hängen auch mehr Pflichten daran. Auf der einen Seite ehrt mich das Vertrauen des Vorstandes, doch als ich dann an dich dachte, überkam mich große Verzweiflung. Ich war nur noch traurig. Es hat sich doch alles so gut angefühlt zwischen uns.

Bei dir habe ich das gefunden, was mir seit Jahren in meiner Ehe gefehlt hat. Die bevorstehende Veränderung hat bei mir jetzt große Verlustängste ausgelöst", endete Udo und schluckte, dabei schaute er Simone mit traurigen Augen an.

Simone sah ihm in die Augen und sagte leise und resigniert:

„Nach deinem Telefonanruf über die neue Situation hatte ich das Gefühl, als würde man mir den Boden unter den Füßen wegziehen. Ich bin total am Ende und ratlos, was wir tun können. Ich fürchte sogar, dass dies das Ende unserer innigen Beziehung ist, Udo."

Dann sah sie bedrückt vor sich hin und schluckte trocken, ehe sie weitersprechen konnte:

„Ich hatte eher damit gerechnet, dass deine Frau etwas gemerkt hat und nun Druck auf dich ausübt."

„Nein, meiner Frau ist gar nichts aufgefallen. Dafür ist sie viel zu sehr mit sich selbst beschäftigt. Sie fühlt sich ganz sicher, denn sie weiß, was eine Scheidung für mich bedeuten würde. Es würde ihr gewiss Spaß machen, mich finanziell bluten zu lassen", sagte Udo bitter.

„Wenn ich für uns eine Möglichkeit sähe, alles so zu lassen wie es bisher war, würde ich diese sofort nutzen. Es setzt mir sehr zu, dass ich Rendsburg verlassen muss. Du kannst dir gar nicht vorstellen, wie sehr du mir fehlen wirst, Simone."

Beide waren traurig und hingen schweigend ihren Gedanken nach. Dann nahm Udo sie in die Arme und begann, sie leidenschaftlich zu küssen. Simone genoss seine Zärtlichkeit, dann zog er sie hoch, nahm sie an die Hand und führte sie in Richtung Bett. Eng aneinander gekuschelt lagen sie eine Zeit lang still nebeneinander - bis Udo wieder aktiv wurde und begann, sie zu entkleiden. Simone spürte seine Erregung und ließ sich von ihr mitreißen.

Udo und Simone ließen sich von ihrem Verlangen und ihrer Sinnlichkeit treiben. Da ihnen bewusst war, dass das Ende ihrer Beziehung in greifbare Nähe gerückt war, gaben sie sich ganz ihren Gefühlen hin und genossen jede Sekunde ihrer Liebe.

Danach hielten sie sich gegenseitig ganz fest in den Armen und waren einfach nur dankbar, zusammen zu sein.

Später zogen sie sich an und gingen in ein nahes Restaurant zum Abendessen. Simone stocherte lustlos in ihrem Hirschgulasch herum, obwohl es nicht nur lecker aussah, sondern auch köstlich schmeckte. Die ganze Situation zerrte an ihren Nerven. Das alles war zu frisch, um sich ohne Protest damit abzufinden.

Udo fühlte sich ebenfalls nicht wohl, auch er hatte keinen großen Appetit. Seine Gesichtszüge wirkten angespannt und seine Trauer war unverkennbar. Beide Teller wurden heute nicht leer. Nach dem Essen tranken sie noch einen Schnaps und verließen das Lokal. Händchen haltend gingen sie langsam zurück in Udos Wohnung. Die sonstige Leichtigkeit war vorbei, und der drohende Abschied belastete sie beide sehr.

Zurück in Udos Wohnung sagte Udo:

„Komm' Simone, wir wollen die letzten Stunden noch genießen. Und lass' uns auch darüber sprechen, ob es eine Möglichkeit gibt, dass wir uns in Zukunft manchmal sehen können? Was meinst du, gibt es eine Chance für uns?"

„Wie stellst du dir das vor?" fragte Simone verbittert.

„Es sind immerhin über 400 Kilometer, die uns trennen. Mit Sicherheit wird dir am Anfang auch nicht viel Freizeit bleiben, da du dich in dein neues Arbeitsgebiet einarbeiten musst. Du weißt sicherlich noch gar nicht genau, was auf dich zukommt."

Udo hatte Simone ruhig zugehört und erwiderte ernst:

„Ich kann jetzt natürlich noch nicht absehen, was mich erwartet. Außerdem sind einige Aufgaben neu für mich. Zu meiner Arbeit im technischen Bereich kommen auch Personalangelegenheiten hinzu, was ebenfalls neu ist für mich", erwiderte Udo ernst.

„Ich mache es mir absolut nicht leicht Udo, doch wir sollten uns damit abfinden und die Gegeben-heiten hinnehmen. Mir fällt es schrecklich schwer, aber an den Tatsachen können wir nun mal nichts ändern", sagte Simone resigniert.

Am Samstag schliefen sie lange und frühstückten gemütlich zusammen. Anschließend gingen sie bei strahlendem Sonnenschein an der Ober Eider spazieren. Das Thema Trennung wurde vermieden, es war auch besser so, denn es war unabänderlich. Der lange Spaziergang und die frische Luft taten ihnen gut und machte sie hungrig.

Sie beschlossen, im Riverside zu essen. Man hatte dort einen herrlichen Blick auf die Boote, die an der Ober Eider lagen. Das Riverside war bekannt für seine gut bürgerlich Küche. Ihre Wahl fiel auf Hamburger Pannfisch, den sie sich schmecken ließen. Trotz ihrer ganzen Sorgen war die Stimmung heiter und mehrmals warf Simone den Kopf zurück und lachte laut über Udos witzige Bemerkungen.

Später als sie wieder in Udos Wohnung waren, gingen sie beide unter die Dusche, seiften sich gegenseitig ein und bespritzten sich mit der Brause und alberten herum. Anschließend saßen sie auf der Couch und tranken noch eine Flasche Sekt, bevor sie ins Bett gingen, um ihre letzte Nacht zu genießen.

Am nächsten Morgen war nicht nur ihre letzte Nacht vorbei. Das empfand Simone besonders stark. Mit einem Becher Kaffee vor sich saß sie Udo am Tisch gegenüber. Das Frühstück verlief schweigend. Es gab ja nichts mehr zu besprechen, denn alles war entschieden und alles war gesagt.

Als sie fertig waren, packte Simone ihre Sachen. Dann standen sie sich gegenüber. Simone fuhr sich mit der Hand über das Gesicht und seufzte leise. Sie sah Udo in die Augen, der Abschied war gekommen. Nicht nur in Simones Augen lag Trauer, nein auch Udo sah sie freudlos und bekümmert an.

Udo umarmte und presste sie an sich, als wollte er sie nie mehr loslassen. Simone spürte nochmals die von ihm ausgehende Wärme, spürte, dass die Leidenschaft wieder aufflackerte. Sie flüsterte heiser:

„Lass uns gehen, Udo. Wir müssen es akzeptieren und damit leben."

An Simones Auto gab er ihr einen letzten Kuss, dann fuhr sie los. Sie konnte es nicht verhindern, dass die Tränen ihr übers Gesicht liefen.

Unterwegs auf dem Heimweg wurde Simone klar, dass es nicht gut wäre, wenn sie den heutigen Abend allein verbringen würde. Vielleicht hatte ja Babsi Zeit hatte.

Sie rief Babsi an:

„Hallo Babsi, Simone hier. Hast du heute Abend Zeit?"

„Hallo Simone", meldete sich Babsi fröhlich. „Was ist los, Simone? Gibt es Probleme? Du klingst so komisch..."

Simone schluckte und antwortete leise:

„Es ist aus mit Udo."

„Wie bitte?" rief Babsi erstaunt. „Ist etwas passiert?"

„Udo muss ab Dienstag für seine Firma nach Kassel und dort die Geschäftsführung übernehmen. Der bisherige Geschäftsführer kann aufgrund eines schweren Autounfalls seine Aufgaben nicht mehr erfüllen."

„Mist!", rief Babsi aus. „Klar werde ich zu dir kommen, dann reden wir darüber. Ist sieben Uhr heute Abend zu früh?", fragte Babsi.

„Nein, ich freue mich", antwortete Simone leise und

beendete das Telefonat.

Nicht mehr ganz so aufgewühlt, setzte Simone ihre Heimfahrt fort und freute sich auf den Abend mit ihrer Freundin. Das schnelle Ende mit Udo setzte ihr zu.

Auch wenn es für sie kein Trost war, ihr war durchaus bewusst, dass Udo ebenfalls litt. Er hatte sich die Zukunft bestimmt ganz anders vorgestellt. Simone sagte sich, dass es für sie jetzt wichtig war, sich abzulenken und dass sie dringend versuchen musste abzuschalten. Es bringt einfach nichts, wenn sie ständig an ihre verlorene Liebe denken musste.

Heute wird Babsi kommen und morgen würde sie sich in die Arbeit stürzen, dabei kam sie auch nicht viel zum Nachdenken. Und nächstes Wochenende würde sie versuchen, mit den Kindern etwas zu unternehmen.

Inzwischen war sie bereits in Heide angekommen, und sie entschloss sich spontan, im ‚Rhodos' zu Mittag zu essen. Das Restaurant lag direkt auf dem Weg und war daher ideal für sie. Außerdem war die Küche abwechslungsreich, und das Essen schmeckte dort wirklich gut.

Zu Hause angekommen holte sie erst einmal tief Luft und machte sich einen Kaffee. Sie versuchte, nicht an Udo zu denken, was ihr auch einige Zeit gelang.

Glücklicherweise meldete sich Robert über

WhatsApp, weil er einige Tage nichts von ihr gehört hatte. Schnell merkte er an den Nachrichten, die sie austauschten, dass es Simone nicht gut ging.

Abends pünktlich um sieben Uhr stand Babis mit einer Flasche Sekt unter dem Arm vor der Tür.

„Hallo Simone", rief sie aus. „Sekt habe ich gleich mitgebracht, damit wir deinen Kummer mit Würde begießen können", und umarmte die Freundin.

Simone musste lachen:

„Ich habe auch eine Flasche Sekt kalt gestellt, das kann ja dann etwas werden..."

Kurz darauf saßen sie auf der Couch und prosteten sich zu. Sie verstanden sich. Ihre Freundschaft hatte schon viele Krisen überstanden. Ihr Leben war unterschiedlich. Simone war zwar nach außen hin die coole Geschäftsfrau, die wusste was sie wollte, doch im privaten Bereich war sie eine liebende Mutter, Oma und wenn es passte, eine zärtliche Geliebte.

Sie hielt auch mehr von einer engeren Bindung zu einem Mann als Babsi. Simone strebte zwar im Moment keinen gemeinsamen Haushalt mit einem Mann an, aber längerfristig hielt sie dies durchaus für möglich.

Babsi war diese Nähe lästig. Sie war zwar für Spaß, aber die absolute Unabhängigkeit musste dabei bewahrt werden. Sie wollte keinesfalls ihre Freiheit aufgeben. Seit mehreren Jahren bestand eine lockere

Verbindung zu Bernd, doch sie ließ nicht zu, dass er ihr zu nahe kam. Sie lebte frei nach dem Motto – auch andere Mütter haben schöne Söhne!

Wenn ihr ein Mann gefiel, kam es durchaus schon mal vor, dass sie ihn nicht von der Bettkante schubste... Eigene Kinder wollte sie niemals, doch sie war sehr herzlich zu Simones Kindern und Enkelkindern. Simone konnte sich in jeder Lebenslage auf ihre Freundin verlassen, genau wie Babsi auf sie.

Nach einem kräftigen Schluck Sekt fragte Babsi:

„Erzähl' Simone, was war denn los bei euch? Warum dieses schnelle Ende?"

Simones hatte Mühe, nicht in Tränen auszubrechen. Niedergeschlagen antwortete sie mit leiser Stimme:

„Wie ich dir bereits am Telefon sagte, muss Udo sofort in dem Werk in Kassel die Geschäftsführung übernehmen. Er ist der einzige Mann in der Firma, der sich für diese Aufgabe eignet. Wir haben zwar noch darüber gesprochen, ob wir uns an manchen Wochenenden sehen, doch - ganz ehrlich - ich bin der Meinung, das hat keinen Zweck.

Der Weg ist zu weit, mehr als 400 Kilometer trennen uns, und Udo muss sich erst einmal richtig einarbeiten. Es kommen also viele neue Dinge auf ihn zu. Ich kann mir einfach nicht vorstellen, dass er es jemals schaffen wird, sich öfters mit mir an den

Wochenenden zu treffen, zumal er sich auch um seine Familie kümmern muss."

„Gut, dass du es so realistisch siehst", erwiderte Babsi und nickte zustimmend. „Stell' dir einfach mal vor, Simone, du planst ein Wochenende mit ihm, nimmst dir nichts vor, freust dich auf euer Wiedersehen, und dann muss er absagen, weil es beruflich nicht klappt. Mit solchen und anderen Widerständen musst du, wenn du ehrlich bist, einfach rechnen. Selbst wenn ihr euch auf halbem Wege treffen würdet, ist die Entfernung einfach zu groß. Und wie du schon selbst erkannt hast, könnte der Altersunterschied zwischen euch irgendwann auch zum Problem werden. Lass' es einfach nicht so weit kommen.

Schau' jetzt nach vorn, Simone, denke nur an dich und werde bei newlove wieder aktiv" riet ihr die Freundin.

Dann lachte Babsi und setzte nach: „Der Katalog ist bestimmt inzwischen um einige Prachtexemplare oder Pfeifen ergänzt worden."

Jetzt musste auch Simone lachen und sie entgegnete:

„Richtig, daran habe ich auch schon gedacht und werde es wohl tun. Aufgeben ist nur etwas für Feiglinge!"

Ihr angespannten Gesichtszüge lösten sich etwas. Immer noch dachte sie mit Wehmut an Udo, doch sie wusste, es gab nur einen Weg: Sie musste sich mit den Tatsachen abfinden und ihr eigenes Leben, ein Leben ohne Udo, in die Hand nehmen.

„Obwohl ich mich manchmal bei newlove eingeloggt habe, war ich doch immer nur halbherzig bei der Sache, weil keiner dieser Männer es mit Udo aufnehmen konnte", sagte Simone zu Babsi. „Wenn ich ehrlich bin, waren es einfach nur Ablenkungsmanöver, um nicht zu viel Gefühl zu investieren, was dann letztendlich doch geschah. Ich frage mich jetzt natürlich, was werde ich noch erleben? Was kommt nun auf mich zu?" Simone schaute ihre Freundin versonnen an.

Babsi antwortete:

„Warte ab, Simone, sei kritisch, versuche zu prüfen, ob dir einer dieser Männer gut tut. Suchende Männer gibt es doch bestimmt genug."

Doch Simone war eher skeptisch:

„Du kennst doch meine Erfahrungen. Manchmal denke ich, dass meine ständige Suche vertane Zeit ist. Vielleicht sollte ich lieber die Zeit mit meiner Familie verbringen und meine Hobbys ein wenig mehr pflegen."

„Du willst also aufgeben", sagte Babsi erstaunt, „das kenne ich doch gar nicht von dir. Normalerweise ist deine Devise , Kopf hoch und auf ein Neues!.

Achte nur darauf, dass der nächste Herzbube nicht

verheiratet ist, denn das erschwert alles. Solche Probleme braucht keiner!".

„Du hast natürlich Recht", gab Simone zurück, „doch da fällt mir gerade etwas ein. Auf der Reservebank bei newlove sitzt Jakob aus Pinneberg, den ich erst einmal hingehalten habe. Es sind bereits mehr als drei Wochen verstrichen. Eigentlich wollte ich mich melden. Ich werde einfach die Grippe und zu viel Arbeit vorschieben. Deshalb bin ich bisher nicht nach Hamburg gekommen", schloß Simone.

Babi lachte: „So gefällst du mir schon besser! Doch ich finde, du solltest dir auch noch andere Männer anschauen."

„Klar doch, das werde ich mit Sicherheit tun. Es wird auch schwierig werden, weil ich vermutlich Vergleiche anstellen werde. Udo wird noch eine Weile in meinen Gedanken sein, obwohl ich das wirklich nicht will."

Als für Simone die neue Woche begann, war sie schon etwas ruhiger geworden, obwohl der Schmerz nicht nachlassen wollte. Nach ihrer Rückkehr am Abend versuchte sie, ein wenig zu entspannen. Dann setzte sie sich an den PC, um Jakob zu schreiben, wie sie es versprochen hatte. Und um sich ein wenig abzulenken, beschloss Simone, das Männerangebot bei newlove unter die Lupe zu nehmen. Das hatte sie in letzter Zeit versäumt.

Simone loggte sich bei newlove ein und ging auf Jakobs Profil. Sie schrieb ihm.:

Hallo Jakob,

eigentlich wollte ich mich früher bei dir melden, doch leider ging es einfach nicht. Ich war einige Tage krank und anschließend reichlich mit Arbeit eingedeckt. Auch in Hamburg bin ich bisher nicht gewesen. Aber am Donnerstag habe ich dort zu tun. Wenn dein Interesse an meiner Person noch nicht erloschen ist, könnten wir uns gern nachmittags um 4 Uhr auf einen Kaffee treffen.

Herzliche Grüße
Simone

Nun hieß es abwarten. Vielleicht ist er schon anderweitig eine Verbindung eingegangen, dann habe ich eben Pech gehabt, dachte Simone. Aber sie wollte auch gern wissen, was sich in der Zwischenzeit in dem Portal getan hatte.

In ihrem Postfach lagen sehr viele Nachrichten, doch sie waren alle schon älter und nicht mehr aktuell. Durch ihr Schweigen werden die Herren bestimmt das Interesse an Lalila verloren haben, überlegte

Simone. Die mit einem erhobenen Daumen der letzten Tage sah sie sich aber genauer an. Dabei weckte nur ein Kontakt ihr Interesse. Dieser Mann hatte ihr den Daumen und eine Mail geschickt. Zuerst beschäftigte Simone sich mit seinem Schreiben:

Hallo Lalila,

Du gefällst mir sehr, dein klares Gesicht, deine ganze Erscheinung - das alles spricht mich an. Ich bin seit vier Wochen im Ruhestand und habe jetzt viel Zeit. Du arbeitest zwar noch, aber damit habe ich kein Problem. Also sollen wir es angehen und uns kennen lernen? Was hältst du davon?

LG Jonas

Der geht aber forsch ran, dachte Simone und beschäftigte sich weiter mit Jonas. In seinen Profilangaben las sie, dass er Lehrer war. Zu seinen Hobbys zählten neben Wanderungen, Musik, Theater, Garten, Bücher, Radfahren und Schwimmen – auch Fußball und Boxen.

Das war so gar nicht Simones Geschmack. Jonas war 63 Jahre alt und 185 cm groß. Seine Haartracht war überwiegend grau, doch an den Augenbrauen sah sie, dass er wohl ursprünglich ganz dunkel gewesen war. Auch seine Augen waren dunkel. Er hatte eine hohe Stirn sowie eine große und lange Nase, schmale Lippen und ein etwas fliehendes Kinn. Schlecht sah er eigentlich nicht aus ,und er wusste wohl auch, was er wollte – nämlich Simone schnellstens kennen lernen. Das wollte sie aber nicht!

Seine Vorliebe für Boxen und Fußball störte sie. Sie hatte schon öfters so fanatische Männer erlebt, die ohne Fußball nicht leben konnten. Sportnachrichten im Radio, im Fernsehen, natürlich der Reihe nach ARD, ZDF und Sportkanal bestimmten ihren Alltag. Damit wollte und konnte Simone nicht leben, obwohl sie normalerweise sehr kompromissbereit war. Aus unserem Treffen, wird wohl leider nichts, dachte sie und schrieb ihm eine Nachricht:

Hallo Jonas,

deine Zeilen ehren mich, dein Kompliment hat mir gefallen. Von einem Treffen möchte ich jedoch absehen, da unsere Interessen zu wenig kompatibel sind. Ich verabscheue Boxen, und Fußball ist ebenfalls ein Gräuel für mich. Es würde nicht klappen mit uns. Viel Glück bei der Partnersuche.

Grüße von

Simone

Anschließend beschäftigte sich Simone mit den Männern, die online waren. Zwei erregten ihre besondere Aufmerksamkeit:

Felix24 aus Elmshorn. Felix war 58 Jahre alt, schlank und 186 cm groß. Als Beruf hatte er Ingenieur angeben. Felix wechselte ständig seine Fotos und war sehr viel online - fast immer zu Zeiten, in denen auch Simone bei newlove war. Er war in verschiedenen Posen zu sehen, auch der Gesichtsausdruck wechselte.

Mal präsentierte sich Felix an eine Wand gelehnt und nachdenklich in die Ferne schauend, dann wieder mit lachendem Gesicht an einem Tisch im Restaurant, beim nächsten Foto mit übereinander geschlagenen Beinen, wobei er mit souveränem Gesichtsausdruck auf sein Handy blickte. Noch zwei weitere Konterfeis von ihm waren in seiner Fotogalerie. Simone runzelte die Stirn und dachte, diesem Typen sieht man seine Selbstverliebtheit schon an.

Warum wechselt er laufend die Fotos und ist immer wieder online? Dieser Mann sollte lieber zum Bäcker gehen und sich eine Frau backen lassen, die seiner wirklich würdig war.

Manne003 war auch ständig online, wenn sie eingeloggt war. Er präsentierte sich mit wechselnden

Fotos, die aber schon einige Jahre alt sein mussten. Wenn man 62 Jahre alt ist, hat das Leben normalerweise im Gesicht schon einige Spuren hinterlassen. Doch das Gesicht, das Manne präsentierte, war glatt und passte eher zu einem 40jährigen. Angeblich war Manne Zahnarzt, doch entweder saßen keine Patienten in seinem Wartezimmer, so dass er ständig online sein konnte, oder er frönte bereits dem Nichtstun...

In ihren Profilen schilderten sich diese Männer als nahezu perfekt. Nur mit den besten Charaktereigenschaften ausgestattet und natürlich solvent. An Kontakt mit solchen Herren hatte Simone kein Interesse. Sie wirkten nur negativ auf sie.

Solche männlichen Exemplare waren meist der Meinung, dass sie für die Frauen wie ein „Sechser" im Lotto wären. Simone überlegte kurz, ob sie vielleicht einen ähnlichen Eindruck hinterließ. Doch diese Gedanken verwarf sie schnell wieder, denn sie hatte sich weder als ‚Goldmarie' noch als Frau ohne Fehl und Tadel dargestellt.

Ihre Gedanken wurden von einer Nachricht von Jakob unterbrochen. Er schrieb:

Liebe Simone,

nett, dass du dich gemeldet hast. Ich hatte die

Hoffnung schon fast aufgegeben. Zwar habe ich am Donnerstag schon etwas vor, doch diesen Termin werde ich verschieben. Ich bin sehr gespannt auf dich. Was hältst du davon, wenn wir uns im Cero Café in Pinneberg treffen?

Da du in dieser Gegend viel unterwegs bist, gehe ich davon aus, dass du das Lokal kennst. Also, wenn von dir kein Veto kommt, dann bis Donnerstag um 4 Uhr nachmittags. Mein Foto ist aktuell, deshalb brauchen wir kein Erkennungszeichen zu vereinbaren. Ich gehe davon aus, dass dein Foto auch relativ neu ist.

Liebe Grüße
Jakob

Die Zeit bis Donnerstag verging schnell, und kurz vor vier Uhr steuerte Simone, nachdem sie ihr Auto im Parkhaus abgestellt hatte, auf das Café Cero zu.

Jakob saß an einem gemütlichen Tisch in der Ecke. Diesen Platz hatte er wohl ausgesucht, damit sie sich ungestört unterhalten konnten. Als Jakob Simone sah, stand er auf und ging ihr entgegen.

Dabei musterte Simone ihn. Jakob war groß und schlank. Er hatte einen federnden Gang und wirkte zielstrebig. Seine grauen Augen unter den etwas buschigen, braunen Augenbrauen sahen sie gespannt an. Freundlich lächelnd begrüßte er sie mit den Worten:

„Hallo Simone, schön, dass du da bist."

„Hallo Jakob, ja endlich hat es geklappt", antwortete Simone freundlich.

Simone nahm an dem Tisch ihm gegenüber Platz und betrachtete ihn lächelnd.

Jakob konnte sich durchaus sehen lassen. Die Haare über der hohen Stirn waren an einigen Stellen schon ein wenig weiß, aber die Geheimratsecken hatte er geschickt kaschiert. Er hatte schöne Lippen, gepflegte Zähne und eine etwas große Nase, doch im Großen und Ganzen gefiel Simone, was sie sah.

Jakob sprach von seiner kleinen Firma, einem Reifengroßhandel, von seinen erwachsenen Kindern und streifte auch kurz seine gescheiterte Ehe.

„Irgendwann passte es nicht mehr. Wir hatten uns nichts mehr zu sagen, die Kinder waren erwachsen. Warum soll man an etwas festhalten, was nicht mehr funktioniert", erzählte er. „Zu meinen Kindern habe ich ein gutes Verhältnis, was auch sehr wichtig für mich ist", schloss er.

Dann erzählte Simone von ihrer Familie und natürlich auch von ihrer gescheiterten Ehe. Sie unterhielten sich angeregt und Simone registrierte, dass Jakobs sich sehr für sie und ihr Leben interessierte.

„Simone, ich würde dich gern wiedersehen und dich näher kennen lernen", gestand Jakob. „und wie stehst du dazu?"

„ Ich bin einverstanden", ließ Simone ihn wissen.

Jakob machte den Vorschlag, dass sie die Telefonnummern tauschen und bald telefonieren, um einen neues Treffen zu vereinbaren.

Dann brachte Jakob Simone zu ihrem Auto und hauchte zum Abschied einen Kuss auf ihre Wange.

„Tschüss Simone, ich werde mich am Samstag bei dir melden."

„Tschüss Jakob, bis dann, und lass' es dir gut gehen.

Sie winkte ihm zum Abschied noch einmal zu und fuhr dann in Richtung Meldorf.

Unterwegs im Auto dachte Simone über ihre Partnersuche bei newlove nach. Was hatte es ihr bisher gebracht? Die kurze Zeit mit Udo war zwar wunderschön gewesen, aber sehr schmerzhaft, weil sie sich verliebt hatte, was sie nicht wollte. Sie hatte viel zu viel Gefühl investiert, dadurch kamen immer wieder die Erinnerungen an die schönen Stunden hoch. Sie dachte immer wieder über Udos Verhalten nach. So schön es auch mit ihm gewesen war, sie konnte einfach nicht verstehen, dass er den Weg des geringsten Widerstandes ging und dabei so gar nicht an sein eigenes Glück dachte. Die Kinder waren ja nicht mehr so klein und spürten bestimmt die wachsende Entfremdung zwischen den Eltern. Das sah Udo wohl auch, obwohl er es nicht wahrhaben wollte.

Simone hatte das Gefühl, dass Geld der Hauptgrund am Festhalten der Ehe zwischen Udo und seiner Frau war. Haus und Versorgungsausgleich waren wichtiger als das persönliche Glück. Bei Simone war das anders. Sie hatte sich vor einigen Jahren für die Trennung entschieden und es trotz großer finanzieller Einbußen bis heute nicht bereut. Sie hatte richtig gehandelt.

Dann dachte sie an Jakob und was nach dem heutigen Treffen wohl daraus werden würde...

Später zu Hause sah Simone ihre E-Mails durch. Udo hatte geschrieben. Einerseits freute sie sich, doch sie war auch ein wenig ärgerlich, da sie dringend Abstand von ihm brauchte. Udo versuchte jedoch, Simone umzustimmen und wollte die Verbindung aufrecht erhalten, selbst wenn sie sich nur selten sehen würden.

Simone wollte das nicht und schickte ihm deshalb ein klares Nein zu seinem Vorschlag.

Dann loggte sie sich noch kurz bei newlove ein, weil sie eine Nachricht bekommen hatte.

Iforyou hatte ihr geschrieben. Sein Pseudonym war schon etwas eigenartig und ließ ihre Alarmglocken schrillen. Der Mann schrieb:

Hallo,

ich bin ein sehr guter Mann und habe moderne Qualitäten. Mein Wesen ist niedlich und treusorgend für einen Partner. Möchte meine Leidenschaften genießen. Ich werde ein glücklicher Mensch für deine Antwort sein.

LG
Paul

Wieder so ein fake Profil stellte Simone fest. Mehrfach hatte sie schon gehört, dass im Portal Männer Frauen suchen, um sie finanziell zu erleichtern. Vermutlich steckt sogar eine Organisation dahinter, dachte sie und sah sich das Profil an.

Paul war 61 Jahre alt, 182 cm groß, 65 kg schwer, verwitwet, Hochschulstudium, ein Kind lebte noch im Haushalt...

Als Simone sein Foto betrachtete, konnte sie unschwer erkennen, dass die abgebildete Person bei der angegebenen Größe auf keinen Fall nur 65 kg wiegen konnte. Der Schreiber musste ein Ausländer sein und hatte vermutlich mit dem Google Übersetzungsprogramm gearbeitet.

Ich werde nicht antworten, beschloss Simone, es

bringt nichts. Sie wollte sich gerade ausloggen, als sie sah, dass Jakob online war. Da fragte sie sich natürlich, ob er wohl weiter suchen würde? Warum eigentlich nicht? Bis jetzt war ja noch nichts passiert, doch sie nahm sich vor, die Aktivitäten von Jakob etwas im Auge zu behalten. Ich werde am Samstag mit ihm reden, wenn wir telefonieren, beschloss Simone.

Und wieder war eine Nachricht eingetroffen. Sie las:

Hallo Lalila,

du gefällst mir und ich würde mich freuen, wenn wir in Kontakt treten könnten.
LG Jo

Simone sah sich das Profil von Jo an. In der Auswahlgalerie nannte er sich Jo-x11. Jo sah recht sympathisch aus, auch die anderen Angaben waren akzeptabel. Sie schrieb zurück:

Hallo Jo,

danke für deine Nachricht und dein Interesse. Wir können gern Kontakt halten, schreib' mir bitte, welche Vorstellungen du hast.
LG Simone

Seine Antwort traf umgehend ein:

Hallo Simone,

ich bin oft in Meldorf, habe dort geschäftlich zu tun.
Ich möchte gern mit dir einen Kaffee trinken.
LG Jo

Simone antwortete:

Hallo Jo,

kein Problem! Ich trinke gern einen Kaffee mit dir.
Melde dich bitte rechtzeitig, wann du in Meldorf sein
wirst.
LG Simone

Jo schrieb zurück:

Hallo,

ich werde mich bald melden.
Noch einen schönen Abend für dich.
LG Jo

Am nächsten Abend kam eine kurze Nachricht von
Jo.

Hallo Simone,

ist alles gut bei dir?
LG Jo

Kurz und bündig schrieb Simone zurück:

Hallo,

ja bei mir ist alles bestens.
LG Simone

Simone hatte eigentlich kein Interesse, weiter bei newlove auf die Suche zu gehen, denn Jakob wollte morgen anrufen. Dabei fiel ihr auf, dass er sich erneut bei newlove tummelte. Sie war zwar auch kurz im Portal, doch ihr Interesse galt in erster Linie Jakob.

Am Samstag um zehn Uhr, während Simone noch gemütlich frühstückte, klingelte das Telefon. Wie erwartet, war es Jakob.

„Guten Morgen, wie geht es dir Simone? Hast du heute oder morgen Zeit für mich?"

Vergnügt antwortete Simone:

„Guten Morgen, Jakob. Heute habe ich Zeit, denn morgen möchte ich zu meiner Tochter fahren."

„Schön, Simone", sagte Jakob. „Passt es dir, wenn wir uns heute treffen?"

„Natürlich gern Jakob, was schlägst du vor?", kam von Simone.

„Macht es dir etwas aus, wenn ich dich abhole und wir am Meldorfer Hafen spazieren gehen? Ich war schon lange nicht mehr dort, es gefällt mir aber sehr gut. Später können wir dann etwas essen gehen. Ist dir 15 Uhr zu früh?" fragte Jakob.

Simone war mit seinem Vorschlag einverstanden und gab ihm ihre Adresse, damit er sie abholen konnte.

Pünktlich um 15 Uhr läutete es an der Haustür und Simone begrüßte Jakob mit den Worten: „Du bist pünktlich, das habe ich gern. Möchtest du noch eine Tasse Kaffee trinken, bevor wir losgehen?" Jakob nahm das Angebot dankend an.

Kurze Zeit später saßen sie sich gegenüber und plauderten ein wenig. Nach einer halben Stunde schlug Simone vor: „Ich denke, wir sollten uns jetzt auf den Weg zum Hafen machen", und stand auf. Jakob nickte.

Sie gingen in den Flur und Simone bemerkte, dass Jakob sie irgendwie merkwürdig ansah, wobei seine Augen flackerten. Kaum hatte Simone die veränderte Situation erfasst, als Jakob sie auch schon an sich riss, die Arme um sie schlang, sich fest an ihren Körper presste und begann, sie gierig zu küssen.

Total überrascht über diesen Ausbruch dauerte es einige Sekunden bis Simone aktiv wurde, aber nicht in der Form, wie Jakob es wohl erwartet hatte. Sie riss den Kopf zur Seite, befreite sich aus seiner Umklammerung und sagte aufgebracht und wütend zu ihm:

„Ich möchte, dass du sofort gehst. So schnell geht das nicht bei mir, wie konntest du nur? Ich möchte dich nicht mehr sehen. So nicht, ich bin kein Freiwild. Geh' jetzt!"

Damit hatte Jakob wohl nicht gerechnet. Er sagte schmeichelnd: „Komm Simone, nun stell' dich doch nicht so zickig an."

Jetzt war Simone erst recht wütend. Sie öffnete die Haustür weit und rief: „Raus aus meinem Haus! Jetzt sofort, verschwinde und lass' dich hier nie wieder blicken!"

Endlich hatte Jakob es begriffen. Er verließ schweigend das Haus. Nachdem sie die Tür hinter ihm wieder geschlossen hatte, holte Simone erst einmal tief Luft. Einen solchen Auftritt hatte sie nicht von Jakob erwartet. Sie dachte frustriert:

Denkt dieser Kerl etwa, er sei für sie wie ein Sechser im Lotto? Wahrscheinlich überlegte er jetzt schon wieder, wo er mit seiner Art landen könnte.

Am Sonntag wachte Simone sehr früh auf und musste noch einige Arbeiten am PC erledigen, bevor sie zu ihrer Tochter fuhr.

Post von newlove hatte sie nicht und war froh darüber. Jo hatte sich auch nicht gemeldet, doch das störte sie nicht mehr . Sie hatte die Nase voll von newlove und von den Männern.

Es vergingen einige Tage. Simone hatte inzwischen etwas Abstand von newlove gewonnen. Ihre Gedanken kreisten kaum noch um die dort vertretene Männerwelt. Der Frust und die Erfolglosigkeit hatten gravierende Spuren bei ihr hinterlassen.

Dann machte sie einige Tage später ihren Posteingang auf. Neben mehr oder weniger wichtigen Mails fand sie auch eine Nachricht von newlove. Die Neugier siegte, also loggte sie sich ein, um zu sehen, wer ihr geschrieben hatte.

Die Mail kam von einem Klaus.

Guten Tag,
mein Name ist Klaus, bin 59 Jahre und habe dein Profil besucht. Es hat mir sehr gut gefallen, daher bin ich neugierig geworden. Würde gern mehr von dir erfahren, wenn ich darf.
Du hast wirklich klasse geschrieben, und ich finde mich in vielen Eigenschaften wieder. Alles, was du schreibst, suche ich auch, nur möchte ich nicht

dominieren. In meinem Beruf leite ich täglich über 50 Mitarbeiter und muss stets stark sein. Das strengt an... Privat möchte ich ganz anders sein.

Liebe Grüße
Klaus

Simone gefiel das Schreiben, doch sie wollte gern Zeit gewinnen und erst später auf diese Nachricht antworten.

Sie nahm ihren Einkaufskorb, die Autoschlüssel und fuhr zum Supermarkt. Unterwegs beschäftigte sie sich gedanklich mit der Nachricht von Klaus und beschloss, sich später zu Hause mit dem Inhalt seines Profils zu beschäftigen.

Abends loggte sie sich dann bei newlove ein und rief die Profilangaben von Klaus auf. Sie war ganz gespannt.

Doch bei seiner etwas spärlichen persönlichen Darstellung fehlte ein Foto. Er gab lediglich eine Körpergröße von 183 cm, 82 Kilogramm, blonde Haare und graue Augen an.

„Er könnte ganz ansehnlich sein", murmelte Simone vor sich hin. Auch seine Hobbys waren mit ihren Freizeitaktivitäten durchaus kompatibel. Also schrieb sie ihm zurück:

Hallo Klaus,

alles, was du über deinen Beruf schreibst kenne ich persönlich nur zu gut. Ich bin geschäftlich ebenfalls ganz anders drauf als privat. Wenn ich nicht so gelebt hätte, wäre ich untergegangen. Leider findet man in dieser Situation sehr selten Augenblicke, in denen man Schwäche zeigen darf.

Ich habe drei wohl geratene Kinder, die bereits verheiratet sind und ihre eigenen Wege gehen. Enkelkinder sind ebenfalls schon da.

Von montags bis freitags bin ich im Außendienst unterwegs. Diese Arbeit macht mir sehr viel Spaß.

Herzliche Grüße

Simone

Simone wusste, dass sie jetzt einfach abwarten musste. Trotzdem überlegte sie, ob Klaus vielleicht der „Richtige" für sie sein würde...

Lange musste sie auf eine Nachricht nicht warten, denn sein Interesse an ihr schien wirklich groß zu sein.

Hallo Simone,

danke für deine lieben Zeilen. Ich melde mich, wenn ich darf.

Liebe Grüße

Klaus

„Was soll das denn, warum sollte er nicht dürfen?" fragte sich Simone und schrieb ein wenig genervt zurück:

Hallo Klaus,

du darfst dich natürlich gern melden. Warum auch nicht? Sonst hätte ich dir doch gar nicht erst geschrieben.

Liebe Grüße

Simone

Irgendwie kamen Simone seine Worte seltsam vor. Doch Zurückhaltung war ihr lieber, als penetrante Dreistigkeit, was sie schon häufig erlebt hatte. Simone war gespannt auf die nächsten Zeilen von Klaus, die wieder recht schnell kamen.

Hallo Simone,

ich bin in der Sexualität devot, aber nicht extrem. Gern mache ich das, was du willst. Ich werde alles für dich tun.

Innige Grüße

Klaus

Verwundert las Simone diese Zeilen. Das war ganz

und gar nicht nach ihrem Geschmack. Sie stellte sich eine Partnerschaft auf Augenhöhe vor - natürlich auch im sexuellen Bereich. In einer gesunden Beziehung durften sich beide fallen lassen, wobei jeder nach Lust und Laune die Initiative ergreifen konnte. Sie schüttelte verwundert den Kopf und schrieb zurück:

Hallo Klaus,

so ganz verstehe ich dich nicht. Ich bin für ganz normale, auch leidenschaftliche Sexualität, in der jeder Partner eine gleichwertige Rolle hat, die allerdings auf keinen Fall devot ist. Eine solche Beziehung werde ich auf keinen eingehen.

Trotzdem wünsche ich dir, dass du die richtige Frau findest.

Viele Grüße

Simone

Damit war auch diese Verbindung für Simone abgeschlossen, allerdings nicht für Klaus, denn er schrieb ihr noch einmal:

Liebste Simone,

ich möchte alles für dich tun. Ich möchte dein Diener sein. Sei bitte dominant, lebe es an mir aus. Du sollst dich an mir austoben, du kannst es, du musst es! Ich sehne mich danach.

Dein Diener

Klaus

Nachdem Simone diese Nachricht gelesen hatte, sperrte sie Klaus sofort bei newlove. Damit war sie nicht mehr erreichbar für ihn.

Simone was fassungslos und zugleich sehr wütend. Sie dachte empört: Wie stellt der Kerl sich das vor? Soll ich in schwarzer Lederkleidung die Knute für ihn schwingen, und er würde dann winselnd vor mir auf dem Boden rutschen? Nein, nicht mit mir!

Das wars mit der Partnersuche. Nun reichte es endgültig. Ernüchternd wurde ihr klar, dass sie bei ihrer Suche nach einer neuen Liebe gescheitert war. Newlove ade...

Noch da Simone ein äußerst positiver Mensch war, dachte sie:

Wer weiß, vielleicht werde ich zu einem späteren Zeitpunkt noch einmal mein Glück bei newlove versuchen...

Zeitfracht Medien GmbH
Ferdinand-Jühlke-Straße 7
99095 Erfurt, Deutschland
produktsicherheit@kolibri360.de